EXEMPLAIRE

SERVANT DE MANUSCRIT

Remis à M. ....

directeur du théâtre de ....

....

Cet exemplaire ne peut être vendu

PARIS
CHEZ LES AUTEURS
SOCIÉTÉ DES AUTEURS ET COMPOSITEURS DE MUSIQUE
8, RUE HIPPOLYTE-LEBAS, 8

LES

BANDITS DE PARIS

LES

BANDITS DE PARIS

Drame en cinq Actes et sept Tableaux

PAR

Théodore HENRY

Représenté pour la première fois à Paris, sur le Théâtre de LA RÉPUBLIQUE, Direction A. LEMONNIER, le Samedi 24 Février 1894.

Pour la mise en scène très détaillée, s'adresser à M. NOIROT, *Régisseur général du Théâtre de* LA RÉPUBLIQUE.

HAVRE

Imprimerie du Journal LE HAVRE (L. MURER), rue Fontenelle, 35.

—

1894

PERSONNAGES

PHILIPPE VERNOIS (jeune 1er rôle)........	MM. LÉON RICHARD.
AGÉNOR BONDU (comique de genre)......	DEPAS.
JEAN BONDU (1er comique)................	GRÉGOIRE.
HÉLOUIN (père noble financier)...........	DALMY. FERRAT.
GEORGES HÉLOUIN (jeune 1er comique)...	CASTELLI.
BOILANSAC (second père)................	RAIMBAULT.
VEINARD père (comique marqué)..........	FERNAND.
ISIDORE VEINARD fils (2e comique).......	E. RENÉ.
MALOIR (rôle de convenance).............	VICTOR ANDRÉ.
HECTOR (utilité)..........................	PERRIN.
UN GARDE DU PALAIS DE JUSTICE (utilité).	CHALANDE.
1er OUVRIER (utilité).....................	GEORGES.
2e OUVRIER..............................	
DOMESTIQUES............................	
LA MÈRE BONDU (1er rôle ou 1re duègne).	Mmes R. LEMONNIER.
LA MADELEINE (Ingénuité)................	EMMA VILLARS.
CHARLOTTE BONDU (1re soubrette)........	LUCY DELPORTE.
CLARA (coquette).........................	DEBRAINE.
LA BRÉNARD (soubrette marquée).........	V. CASSOTHY.
LUCIE (amoureuse)........................	E. MÉDEAU.

TABLEAUX

1er tableau : **Aux Carrières d'Amérique.**
2e » **Le Crime d'un honnête homme.**
3e » **La Dame aux Camélias.**
4e » **La Mort de Clara.**
5e » **L'Interrogatoire.**
6e » **Au Clair de la Lune.**
7e » **Le quart d'heure de Rabelais.**

Les personnages sont placés en tête de chaque scène comme ils doivent l'être au théâtre. Les indications sont prises du spectateur.

ACTE PREMIER

Premier Tableau

AUX CARRIÈRES D'AMÉRIQUE

La salle principale d'un cabaret borgne situé près des carrières d'Amérique, à Paris. — Tables, bancs, comptoirs. Portes au fond, à droite et à gauche. — Le décor est très misérable.

Scène Première

ISIDORE VEINARD, CHARLOTTE.

(Au lever du rideau la scène est vide. — Presque aussitôt Veinard entr'ouvre la porte du fond, puis, après avoir regardé au dehors, comme s'il était poursuivi, se hasarde à pénétrer dans le cabaret, dont l'aspect ne le rassure qu'à moitié. — Il se dirige alors vers une table à gauche.)

VEINARD, frappant sur la table.

Y a-t-il quelqu'un ici?

CHARLOTTE, entrant pendant qu'il frappe.

Qu'est-ce qu'il vous faut?

VEINARD.

Du fil en quatre ou en huit, je ne sais pas au juste. Comme qui dirait de l'*eau-d'affe*.

CHARLOTTE.

Avez-vous de l'argent, au moins?...

VEINARD.

Si j'ai de l'argent... Elle demande si j'ai de l'argent! Regardez... (Il met sur la table quelques pièces de monnaie.)

CHARLOTTE.

A la bonne heure!... (Elle va chercher une bouteille et un verre au comptoir placé à gauche.)

VEINARD.

Gentille, la petite !... *Aux Carrières d'Amérique !* Le nom de ce caboulot est engageant... On doit pouvoir s'y cacher, on doit pouvoir y rencontrer des gens distingués, capables de vous enseigner comment qu'on évite la *rousse*... Voilà déjà que je parle leur langage.

CHARLOTTE.

Tenez !... (Elle sert Veinard.)

VEINARD, il s'asseoit ; buvant :

Oh ! là là ! que c'est mauvais !...

CHARLOTTE.

Comment ?...

VEINARD, à part.

Faut pas se mettre mal dans la maison. (Haut.) C'est délicieux... suave comme... Oh ! mademoiselle, ce serait bien meilleur encore si vous vouliez m'obtempérer un petit verre pris avec moi...

CHARLOTTE.

Il est aimable !... Volontiers... Moi, j'aime le doux...

VEINARD.

C'est naturel de la part de votre sexe... (Charlotte se sert et s'installe à la table de Veinard.)

CHARLOTTE.

Monsieur vient rarement dans le quartier ?

VEINARD.

C'est la première fois... Mais je suis appelé à y venir plus souvent... aux carrières d'Amérique !

CHARLOTTE.

Est-ce que vous seriez embauché pour travailler le jour ?

VEINARD, avec un soupir.

Embauché ! non, je suis plutôt débauché...

CHARLOTTE.

Ah !

VEINARD.

On m'a dit qu'on trouvait aux Carrières des logements pour la nuit...

CHARLOTTE

Oui, quand on n'en a pas d'autres... Mais ils manquent de confortable... Il y a des trous, des bassins pleins de boue... Si on y glisse, malheur !... On n'en sort plus...

VEINARD, effrayé.

C'est pas gai, savez-vous ?

CHARLOTTE.

Mieux vaut se laisser pincer par la police que de finir là-dedans...

VEINARD.

Je ne voudrais ni l'un ni l'autre...

CHARLOTTE, curieusement.

Vous avez donc peur des deux ?...

Scène II

ISIDORE VEINARD, CHARLOTTE, AGÉNOR.

AGÉNOR entre par le fond, portant un ballot qu'il dépose dans un coin.

Charlotte !... Qu'est-ce que je vois ?... Ma sœur, une Bondu, qui consomme avec un *simple !*

CHARLOTTE, se levant.

Monsieur n'est pas *simple* du tout, puisque la police est à ses trousses.

VEINARD, épouvanté, se levant.

J'ai pas dit cela...

CHARLOTTE.

Oui, mais vous me l'avez laissé deviner.

AGÉNOR (1).

Que Monsieur se rassure !... Nous n'abusons jamais des situations... quand on a de quoi nous acheter... Et vous avez de l'argent, j'espère...

VEINARD.

Oh ! pas trop !

AGÉNOR.

C'est dommage !...

CHARLOTTE (2).

Vous faisiez le riche tout à l'heure...

VEINARD.

Je tenais à vous éblouir... (A part.) Drôle d'idée que j'ai eue de venir ici !

---

(1) Veinard, Agénor, Charlotte.

(2) Veinard, Charlotte, Agénor.

Scène III

ISIDORE VEINARD, CHARLOTTE, AGÉNOR, LA MÈRE BONDU, JEAN BONDU. (La mère Bondu et Jean entrent par la droite.)

LA MÈRE, à Agénor.

Ah ! ce bon chéri d'Agénor ! ..

AGÉNOR.

Bonjour, la mère !...

LA MÈRE.

On a bien travaillé aujourd'hui ?...

AGÉNOR.

J'ai là quelques foulards et un porte-monnaie...

JEAN.

Un porte-monnaie ?...

AGÉNOR.

Vide...

LA MÈRE.

Tu as été plus heureux que ton frère Jean, qui ne rapporte rien. Où les as-tu... pris ?

JEAN, désignant Veinard à sa mère.

Ne vois-tu donc pas ? (Il va au comptoir prendre une bouteille et s'installe à la table à droite.)

LA MÈRE.

Un client !... Ça nous arrive si rarement... (Elle s'installe également à la table à droite.)

AGÉNOR.

Et puis, il a l'air sérieux celui-là... quoiqu'il en dise !... Voyons, Monsieur, pourquoi cherches-tu à te cacher ?...

VEINARD.

Moi, je cherche...

CHARLOTTE (1).

Inutile de nier plus longtemps...

VEINARD.

Eh ! bien, là, vrai, je vais tout vous dire (2). Ce n'est pas que vous m'inspiriez beaucoup de confiance...

JEAN.

Il est trop aimable !...

---

(1) Charlotte, Veinard, Agénor, la Mère, Jean.

(2) Charlotte, Agénor, Veinard, la Mère, Jean.

VEINARD.

Mais je n'ai pas le droit d'être difficile...

AGÉNOR.

Nous avons donc mangé une grenouille ?...

VEINARD.

Ah ! vous êtes perspicace, vous !...

AGÉNOR.

Je m'en flatte... Quel est ton nom, Monsieur ?

VEINARD.

Isidore Veinard fils...

LA MÈRE.

Isidore !... Ce nom-là me rappelle un imbécile... Ah ! Isidore...

AGÉNOR.

Je préfère Veinard.

VEINARD.

Malheureusement, mon nom ne m'a jamais porté bonheur... Je suis un Veinard né sous une mauvaise étoile !

AGÉNOR.

Vous avez pu emporter la caisse... Et vous vous plaignez !...

VEINARD.

Malheureusement, cette caisse était une petite caisse. Je l'avais vidée peu à peu, et il ne restait presque rien quand je suis parti... Ce sont les femmes qui m'ont perdu...

CHARLOTTE, avec intérêt.

Pauvre garçon !

LA MÈRE.

Il a quelque chose de distingué dans le profil.

VEINARD.

Quand je dis : les femmes, je devrais dire : une femme. Je l'avais rencontrée à Tivoli-Vaux-Hall... Je la pris pour un ange... Elle était belle, avec son grand chapeau... Mon cœur se mit à battre et elle ne tarda pas à m'avouer que le sien battait aussi.. Le lendemain je commettais mon premier méfait, et les lettres de mes patrons partaient sans timbre-poste.

CHARLOTTE.

Elles arrivèrent tout de même ?

VEINARD.

Oui... et personne ne réclama... Ce fut une mauvaise chance... car je me serais arrêté peut-être sur la pente fatale où je glissais... La petite caisse qui m'était confiée servait à solder les menues dépenses de la maison... Je ne payais rien pour satisfaire mon ange... qui voulait de la galette.

AGÉNOR.

Je le reconnais bien là...

VEINARD.

Un jour, je me hasardai à lui dire que je n'avais plus le sou...

CHARLOTTE, avec intérêt.

Eh ! bien ?

VEINARD.

Eh ! bien... Il me mit à la porte...

AGÉNOR.

A la porte du Paradis.

LA MÈRE.

Elle avait raison, cette femme !...

VEINARD.

Je songeai alors que je ne tarderais pas à être obligé de rendre des comptes, qu'on s'apercevrait du vide causé par mes amours... Le chapeau que je vis fut, cette fois, un chapeau de gendarme ou un képi de sergent de ville... Je filai en emportant ce qui restait... et me voici...

AGÉNOR.

Combien restait-il ?

VEINARD.

Douze francs dix sous.

CHARLOTTE.

C'est maigre...

JEAN, allant à Veinard, très calme (1).

Oui... Donne-les... (Veinard ne comprenant pas d'abord, serre la main que Jean lui tend. Jean le repousse, et, tendant de nouveau la main, répète :) Donne-les !...

VEINARD.

Qu'est-ce que vous dites ? (Charlotte est mécontente, Agénor rit.)

---

(1) Charlotte, Agénor, Veinard, Jean, la Mère.

JEAN, répétant, brutal.

Les douze francs dix sous... donne-les !

VEINARD.

Vous ne parlez pas souvent, vous, mais quand vous parlez... Pourquoi dois-je vous les donner ?... Quel service m'avez-vous rendu à cette heure ?

CHARLOTTE.

Il a raison...

JEAN.

Il me faut cet argent tout de suite, ou sinon...

VEINARD.

Sinon ?...

JEAN.

Tu auras affaire à moi...

VEINARD.

Vous êtes méchant !

JEAN.

Méchant ou pas méchant... je veux que tu t'exécutes... D'ailleurs, je suis trop bon de discuter avec toi... allons !... (Il s'élance sur Veinard et lui prend les deux bras.) Agénor, fouille le *pante !*

AGÉNOR.

Voilà !

VEINARD, se débattant tandis qu'Agénor le fouille.

Oh ! les lâches !

CHARLOTTE.

Ce garçon-là m'eût tout donné sans tant d'embarras.

AGÉNOR, tirant une bourse de la poche de Veinard.

Je crois que je tiens la *braise*... oui, c'est cela !... (Il compte l'argent.) Il y a bien douze francs dix sous.

JEAN, à Veinard.

Maintenant, va-t-en !...

VEINARD, fausse sortie par le fond.

Où ?

JEAN.

Que m'importe !

VEINARD.

Mais je n'ai plus rien...

LA MÈRE.

C'est pour cela...

JEAN.

Dépêche-toi ou je te brise !...

VEINARD.

Vous en seriez bien capable... un brutal comme vous!...

JEAN, il va menaçant vers Veinard.

Ah! je suis un brutal!

VEINARD, remontant.

Non, non... je file...

AGÉNOR.

Bonjour, monsieur, bien des compliments chez toi!...

CHARLOTTE.

On a tort de se moquer encore de lui...

VEINARD.

Il n'y a qu'elle qui me plaint... C'est égal!... Je les retiens, ces gens-là!...

LA MÈRE.

Nous ne vous retenons pas, nous... (Jean remonte encore et donne un coup de pied à Veinard.)

VEINARD.

Je le vois bien!... (Il sort précipitamment par le fond.)

Scène IV

CHARLOTTE, AGÉNOR, LA MÈRE, JEAN.

LA MÈRE.

Ah! Ah! Je la trouve drôle, celle-là!...

CHARLOTTE (1).

Eh! bien, moi, je suis d'un avis contraire.

JEAN.

On se permet des critiques!... (La mère le calme).

AGÉNOR, à Charlotte.

Tu n'aurais pas agi de cette façon-là, toi?...

CHARLOTTE.

Oh! bien sûr...

AGÉNOR.

Ne dis pas à ta famille ce que tu aurais fait!...

CHARLOTTE.

Vos oreilles pourraient cependant m'entendre!...

---

(1) Agénor, Charlotte, la Mère, Jean.

AGÉNOR.

Tu es sévère pour nous... Qu'est-ce qui te rend mécontente?

CHARLOTTE.

C'est que j'en ai assez!... Je suis fatiguée de passer ma jeunesse ici, servante d'un cabaret sans clients.

LA MÈRE.

Ce n'est pas notre faute s'il n'en vient pas!...

CHARLOTTE.

Vous les traitez si bien!... Je suis habillée comme un souillon...

JEAN, s'asseyant de nouveau à droite.

De quoi?... De quoi?... Mademoiselle veut être nommée duchesse?...

CHARLOTTE.

Il ne s'agit pas de cela... Au lieu de vivre dans cette sale boutique avec vous autres, au lieu de faire bouillir votre marmite, d'être à vos ordres et sous vos pattes qui frappent trop fort, je sais bien à quoi je pense...

AGÉNOR.

A quoi penses-tu?...

CHARLOTTE, avec fierté.

A tourner mal!...

LA MÈRE.

Miséricorde!...

AGÉNOR.

Tu prendras un amoureux?...

CHARLOTTE.

Un au moins...

AGÉNOR.

Tu deshonoreras ta famille!

CHARLOTTE.

Deshonorer ma famille! Comment que tu dis ça?... (Elle hausse les épaules et remonte à gauche).

LA MÈRE.

Je la connais... Elle le fera comme elle le dit! (Appelant.) Charlotte (Elle sort derrière sa fille par la gauche.)

JEAN.

Attends, je vas lui tremper sa soupe!... (Agénor le retient).

Scène V

JEAN, AGÉNOR.

AGÉNOR.

Laisse-la. Après tout, elle a raison, cette fille !...

JEAN.

Elle veut travailler pour elle seule !

AGÉNOR.

Ce n'est pas avec des menaces ou avec des coups que nous l'en empêcherons.

JEAN.

Qui sait ?...

AGÉNOR.

Toi, tu es partisan de la violence parce que tu es fort... Moi, je préfère la ruse qui me permet de l'emporter sur toi.

JEAN.

C'est à savoir...

AGÉNOR.

Je te le prouverai quand tu voudras.

JEAN.

Mais j'y pense !... Tu as encore l'argent de tout-à-l'heure...

AGÉNOR.

Quel argent ?

JEAN.

L'argent de Veinard, l'argent du *simple*.

AGÉNOR.

Il m'en revient une part...

JEAN.

J'en ai besoin et je le veux tout... C'est moi qui l'ai gagné...

AGÉNOR.

C'est moi qui t'ai aidé, et puis la bourse est dans ma poche... Je pourrais refuser de partager.

JEAN.

Je vais te montrer ce que vaut ma force que tu dédaignes... (Il montre son poing.) Avec ce poing seulement, je te mettrai à la raison.

AGÉNOR, reculant à droite.

En es-tu bien sûr ?...

JEAN.

Tu vas voir !

AGÉNOR, tirant un révolver.

Viens !

JEAN, reculant à gauche.

Ah ! (Charlotte entre par la gauche.)

Scène VI

CHARLOTTE, JEAN, AGÉNOR

CHARLOTTE, à part.

Les voilà qui se disputent encore !... Entre frères, c'est ignoble !... (Elle se met à desservir la table à gauche).

AGÉNOR.

A vos ordres, monsieur Jean... Jean est plus robuste qu'Agénor, mais mon révolver est plus long que ton bras... Si tu fais un pas vers moi, je te canarde !...

JEAN.

Si tu n'étais pas un lâche, tu mettrais cette arme de côté.

AGÉNOR.

Ne parlons pas de ça !... Tu m'as fourni tout de suite l'occasion de te montrer que je disais vrai.

JEAN.

Je te rattraperai, va...

AGÉNOR.

Et tu auras tort... Tiens ! (Il lui lance la bourse.) Je te laisse volontiers les douze francs dix sous que renfermait la bourse de cet imbécile... Il me faudrait bien autre chose à moi.... Je rêve des sommes d'une toute autre importance et, si tu le voulais, nous les aurions...

JEAN.

Que dis-tu là ?...

AGÉNOR.

Je suis étonné de nous voir végéter à Paris, y mener une existence misérable, alors que nous avons tout ce qu'il faut pour réussir...

JEAN.

Il est vrai...

AGÉNOR.

Ça a été une idée bien drôle de nous établir près de ce refuge de vagabonds et de rôdeurs, tandis que nous pourrions nous faire une bonne place dans d'autres quartiers, ceux où l'on remue de l'or... J'ai pris ce matin des foulards... Avec moins d'audace et plus de facilité, j'eusse pu m'emparer d'une fortune.

JEAN.

Vrai ?

AGÉNOR.

Crois-tu qu'il soit plus aisé d'être petit voleur que grand voleur ?... Je me suis toujours imaginé le contraire.

JEAN.

Tu n'as peut-être pas tort...

CHARLOTTE, derrière le comptoir.

Les voilà maintenant d'accord... Il s'agit de mal faire...

AGÉNOR (1), allant chercher Charlotte.

Hein !... Ah ! c'est toi, Charlotte ! Eh bien, ma fille, tu n'est pas de trop... Je me suis dit souvent qu'une association de gens prêts à tout faire, dans laquelle il entrerait un homme comme toi, Jean Bondu, hardi, courageux, ne reculant devant rien...

JEAN.

Tu peux le dire !...

AGÉNOR.

Une femme comme Charlotte, séduisante, active, sans scrupules...

CHARLOTTE.

C'est vrai que je n'en ai pas beaucoup, de scrupules...

AGÉNOR.

Et moi, ne suis-je pas, en même temps que rusé, fourbe, menteur, hypocrite ?...

JEAN.

On ne peut pas dire que tu n'aies pas beaucoup de qualités...

AGÉNOR.

On n'en a jamais trop !... Eh ! bien, j'ai toujours pensé que cette réunion de personnages qui auraient en partage l'astuce, la force, la beauté, pourrait pas mal faire de choses... Pour réussir à Paris, il faut être plus malin qu'ailleurs... C'est pour cela que les bandits de Paris sont les premiers bandits du monde !

---

(1) Charlotte, Agénor, Jean.

JEAN.

Comme il parle bien, cet Agénor !

CHARLOTTE.

C'est pas le bagout qui lui manque !... (La mère Bondu apparaît à la porte à gauche.)

AGÉNOR.

Ah ! nous sommes une famille d'élite !... Et j'oubliais encore la mère...

Scène VII

CHARLOTTE, LA MÈRE, AGÉNOR, JEAN

LA MÈRE.

Oh ! il pense à moi, l'amour !

AGÉNOR.

Oui, elle a le défaut de siroter un peu trop...

LA MÈRE.

Faut bien écouler la marchandise.

AGÉNOR.

Mais, pour la canaillerie, on peut aussi compter sur elle...

LA MÈRE.

Je te crois.

AGÉNOR.

Elle est bien capable de nous indiquer des affaires... Une vieille femme (mouvement de la mère), une femme mûre... ça va partout.

LA MÈRE.

Surtout si elle est marchande à la toilette, mon fils.

AGÉNOR.

Ah ! tu voudrais être...

LA MÈRE.

C'est mon rêve... Vendre bien cher des chiffons qu'on a achetés bon marché... Fréquenter des femmes qui ne comptent pas, parce qu'avec elles, on ne compte plus... Profiter de toutes leurs bêtises et de toutes leurs folies... Voilà ce que je désire, mes chérubins.

AGÉNOR.

Puis, quand on a un pied dans ce monde, on apprend bien des choses qui se passent là... ou ailleurs...

LA MÈRE.

Ta mère n'est ni sourde, ni aveugle, je pense...

AGÉNOR.

C'est entendu, on t'établira!...

LA MÈRE.

Ah! Tu as donc des capitaux ?

AGÉNOR.

Pas un radis... c'est Jean qui tient notre caisse...

JEAN.

Moi ?...

AGÉNOR.

Oui, tu as voulu la tenir...

JEAN.

Avec les douze francs dix sous du *simple*, on ne peut pas aller loin...

LA MÈRE.

Il n'y a pas même de quoi payer le loyer de cette cambuse, dont on va nous chasser...

CHARLOTTE.

Pour commencer, l'association sera à la rue...

AGÉNOR.

Là... Là... Un peu de patience!... Il ne faut jamais désespérer de rien quand une entreprise est bonne... Qui sait si de l'argent ne va pas nous tomber du ciel comme des cailles rôties!...

LA MÈRE.

J'aime ta confiance...

AGÉNOR.

J'ai dans l'idée que nous réussirons... La famille Bondu saura bien se tirer d'affaire...

LA MÈRE.

Ah! mes enfants, si votre père nous voyait de là-haut, il serait bien heureux. Le cher homme, il vous aimait bien... C'est lui qui vous a dressés... Quand nous habitions Lyon, vous étiez tout petits, tout gentils, vous rapportiez déjà de l'argent... Agénor était étonnant pour son âge... (A Agénor.) A cinq ans, tu as volé un porte-monnaie sans te faire pincer. Il y avait trente-deux francs dedans. (Gaîment.) Quelle noce, ce soir-là!... Quelle noce!... Votre père n'a pas désaoulé de deux jours.

CHARLOTTE.

Il buvait trop. Le vin abrutit.

LA MÈRE.

Aussi, il préférait l'absinthe. Il me disait : Ça calme, c'est du tilleul pour les messieurs !...

AGÉNOR.

Enfin, notre père était un bandit et il a tenu à ce que nous exercions la même profession que lui...

LA MÈRE.

Ce n'était pas par paresse que votre père détestait le travail, c'était par fierté... Il aimait l'indépendance et la liberté !...

JEAN.

C'est pour cela qu'il est allé si souvent en prison...

CHARLOTTE.

Et qu'il est mort...

AGÉNOR.

Ce cher homme avait voulu élargir le champ de ses opérations...

LA MÈRE.

Il s'était présenté à lui une occasion magnifique de faire fortune d'un seul coup et il avait voulu la saisir. Le hasard lui avait fait apprendre qu'il y avait, chez un nommé Savigny, trois cent mille francs. Il résolut de s'en emparer... A ce moment même, il venait d'éprouver un grand chagrin, votre frère aîné nous avait quittés... C'était un propre à rien que le porte-monnaie des autres ne tentait pas du tout.

AGÉNOR.

Qu'est devenu ce frère?...

LA MÈRE.

Ma foi, je n'en sais rien... Votre père ne voulut pas de complice pour dépouiller le Savigny de cet argent qu'il avait en trop... Armé d'un révolver et d'un couteau, il entre chez le bonhomme en escaladant le mur du parc... Il grimpe jusqu'à une fenêtre du premier étage, celle de la chambre de ce capitaliste idiot... Croiriez-vous qu'il couchait la fenêtre entr'ouverte?...

AGÉNOR.

S'il avait chaud?...

LA MÈRE.

Votre père le refroidit.

CHARLOTTE.

Ah !

JEAN.

Et l'argent ?

LA MÈRE.

Il n'y avait dans le secrétaire de Savigny que huit cents francs... — Je suis volé, pensa Bondu... A ce moment, il se repentit...

CHARLOTTE, naïvement.

De son crime ? (Jean et Agénor haussent les épaules.)

LA MÈRE.

De s'être donné tant de mal pour une si faible somme...

AGÉNOR.

Les trois cent mille francs pouvaient se trouver ailleurs.

LA MÈRE.

C'est ce que votre père se dit... Mais ses recherches furent vaines... Il allait se retirer, quand, dans une chambre voisine de celle de Savigny, il se trouva en présence d'une femme qui reposait... A côté de son lit, il y avait un berceau... Sur la cheminée, des bijoux... Ce sont des choses que l'on ne devrait jamais laisser traîner... Tandis que votre père, qui avait de l'ordre, ramassait tout ça, la femme s'éveilla et se mit à crier... Anatole eut le regret de la tuer... Ah ! mes chérubins, ce fut contraire à ses principes !... il m'a juré depuis sur vos têtes chéries qu'il n'aurait pas tué cette femme si elle n'avait pas bougé... L'enfant dormait toujours... Bondu eut un sentiment de pitié. — Voilà un orphelin, se dit-il... Pauvre amour, sans père ni mère, je veux que ma famille devienne la sienne... Il acheva de mettre les bijoux dans sa poche, et il emporta l'enfant dans ses bras...

AGÉNOR.

Il devait avoir son idée...

LA MÈRE.

Il l'avait ! Il pensait que, plus tard, on pourrait tirer parti du *gosse*, qui était une *gonzesse*.

CHARLOTTE.

Il ne s'est pas trompé ! la Madeleine gagne, en mendiant, ses quarante sous par jour...

LA MÈRE.

Votre père avait espéré autre chose... Comme il savait que ses renseignements étaient exacts, il s'était dit que, si les trois cent mille francs de Savigny ne se trouvaient pas dans la maison, ils devaient être déposés quelque part... Il n'était pas fâché d'avoir à sa disposition la créature qui héritait grâce à lui...

AGÉNOR.

Il pouvait en tous cas avec l'enfant faire chanter d'autres héritiers.

LA MÈRE.

Il dût comprendre cela tout de suite, car il avait l'esprit prompt et l'intelligence vive... Il nous rapporta Madeleine... Malheureusement, il n'eût pas le temps de mettre ses projets à exécution.

JEAN.

Qu'est-ce qui l'a fait arrêter?

LA MÈRE.

Les bijoux... Ça perd les hommes comme les femmes... Les bijoux!... Toujours les bijoux!... Oh! depuis cette époque je n'en porte plus... et si Charlotte a du cœur!... (Charlotte hausse les épaules). On l'a pincé, mon pauvre Bondu, au moment où il essayait de les vendre à un orfèvre... Les brigands en avaient envoyé la liste un peu partout...

AGÉNOR.

Je me serais méfié, moi...

LA MÈRE.

Ça ne m'étonne pas... Bondu eut beau nier énergiquement... Il eut beau raconter des histoires pour expliquer comment il avait en sa possession toute cette bijouterie... On le condamna à mort...

AGÉNOR.

Voilà un jury auquel il ne fallait pas beaucoup de preuves.

JEAN, à lui-même.

Oh! la justice des hommes!

LA MÈRE.

Et cependant j'avais disparu avec la petite, dont la vue eut empêché le moindre doute...

CHARLOTTE.

Tu étais venue à Paris...

LA MÈRE.

Ce fut là que j'appris la mort de votre père sur une place de Lyon, en présence d'une foule de badauds. Sa carrière a été brisée bien malheureusement, car, si son coup eût réussi, il avait juré de consacrer sa vie à faire de bonnes œuvres... En le tuant, on a enlevé un bienfaiteur à l'humanité!...

AGÉNOR.

Voilà la société!...

LA MÈRE.

Mais, du moins, Bondu a eu une consolation... Il a fini comme son propre père à lui, votre grand'père, mes enfants...

JEAN.

Il avait été aussi guillotiné?

LA MÈRE.

Non, pendu! C'était un pick-pocket. En Angleterre, on pend, on ne guillotine pas... C'est plus propre et on laisse une corde qui porte bonheur... aux autres.

AGÉNOR.

Quel âge avions-nous quand notre père a été ainsi assassiné?

LA MÈRE.

Toi, tu avais dix ans, ton frère Jean huit, et Lolotte était toute petite, toute mignonne, de l'âge de la Madeleine.

AGÉNOR.

Cette fille a une famille... N'as-tujamais pensé à l'exploiter toi-même et à faire ce que notre père avait dans l'idée!

LA MÈRE.

J'y ai songé, mais beaucoup plus tard, comme tu penses... La fin de mon pauvre homme me rendait prudente... J'ai écrit à Lyon, à quelqu'un de sûr... Rien à frire... Le Savigny avait des parents éloignés en Amérique, qui étaient venus recueillir son héritage et étaient repartis ensuite.

AGÉNOR.

Oh! malheur! Ce sont maintenant les parents d'Amérique qui héritent en France!

JEAN.

Et la Madeleine nous est restée pour compte!

CHARLOTTE.

Mais, puisqu'elle vous rapporte !...

LA MÈRE.

Je ne me suis ruinée ni pour la nourrir, ni pour la faire éduquer... Je ne l'ai pas mise en pension aux *Oiseaux*... A quoi cela eût-il servi, du reste, puisqu'elle est folle ?...

CHARLOTTE.

Tu l'as abrutie à force de la frapper.

LA MÈRE.

Elle n'a que ce qu'elle mérite, et c'est pas toi qui m'empêcheras...

CHARLOTTE.

C'est tout de même dégoûtant !... (La Madeleine entre par le fond. Elle est vêtue de haillons ; son visage est triste et amaigri. A la vue d'Agénor qu'elle voit le premier, elle a un geste de crainte.)

Scène VIII

CHARLOTTE, LA MÈRE, MADELEINE, AGÉNOR, JEAN.

AGÉNOR, à Madeleine.

Eh ! bien, la Madeleine, arrive donc ! (La Madeleine lève les mains comme pour parer les coups.)

LA MÈRE.

Ah ! bon, v'là celle-là ! As-tu beaucoup d'argent, au moins ?... Retourne donc tes poches...

JEAN.

Fouille-la... Ça sera plus vite fait !...

LA MÈRE.

Flanque-lui donc une mornifle, Agénor (Agénor donne une poussée à Madeleine qui jette un cri de douleur.)

CHARLOTTE.

Fichez-lui la paix... Puisqu'elle est folle, elle ne vous comprend pas...

LA MÈRE.

Eh bien, elle ne comprendra pas la mornifle, v'là tout !... Allons, avance à l'ordre !... (Elle fouille Madeleine qui résiste.) Veux-tu bien te tenir, saleté !... (Elle ne trouve rien dans les poches.) Rien ! pas un radis ! comment, t'es sortie de bonne heure ce matin et tu ne rapportes rien ? (1).

---

(1) Charlotte, Madeleine, la Mère, Agénor, Jean.

AGÉNOR.

Elle a tout boulotté, parbleu !

JEAN.

Mam'zelle a fait la noce pendant qu'on crève de faim ici !...

AGÉNOR.

Elle a peut-être caché l'argent dans ses souliers...

CHARLOTTE.

Elle n'en a pas... (Madeleine s'approche du comptoir, s'empare d'un morceau de pain qui s'y trouve et le dévore.)

LA MÈRE.

Qu'est-ce que c'est ?... Mam'zelle se sert du pain blanc entre les repas ! Des collations, maintenant !

CHARLOTTE.

Elle n'a rien mangé depuis hier !

LA MÈRE.

Pardon, j'y ai donné mes os ce matin ! (Elle lui arrache le pain.) Quand on n'a pas travaillé, on ne mange pas ! Tu t'y abonnerais à être logée, nourrie et blanchie gratis ici ! T'es pas de la famille, pourtant !

MADELEINE, *tendant la main.*

Sou... Sou... un petit sou !

LA MÈRE.

C'est à moi que t'en demandes ?... Tiens !... (Elle lui donne des coups de poing.) V'là pour toi !... Si tu n'étais pas une fainéante, tu gagnerais le pain que tu manges !...

JEAN.

Elle ne produit plus rien, à présent. Il ne manquait plus que ça !...

LA MÈRE.

Faudra bien qu'elle se souvienne de cette correction !

MADELEINE.

Pitié ! Pitié ! Madame ! (Elle pleure, pousse des cris plaintifs et finit par se mettre à genoux, les mains jointes.)

LA MÈRE.

Si tu crois que tu vas m'émouvoir, tu te trompes, mam'zelle Savigny... Dire que ça est né dans du linge fin... c'était dorlotté... Je t'en fournirai, moi, du linge fin ! Tes parents sont cause de la mort de mon pauvre homme ! C'est vrai, ça, quand je lui donne des coups de poing, il me semble que je venge un peu mon Anatole. Agénor, je suis fatiguée, viens venger ton père !

AGÉNOR se dirige vers Madeleine comme pour la frapper, puis, sur un geste de Charlotte, il y renonce. A Charlotte :

T'as raison !... A quoi bon ?...

LA MÈRE.

Et toi, Jean ?

JEAN.

Je n'ai pas le temps.

LA MÈRE.

Tu es robuste, tu es solide, toi !... Pas besoin de détailler... un seul coup suffira !

JEAN, se levant.

On n'a pas un moment à soi...

LA MÈRE.

Pour me faire plaisir... Faut avoir quelques égards pour sa mère... (Jean, tout en grognant de s'être dérangé, va vers Madeleine.)

JEAN.

Viens ! (Il donne un coup de poing qui fait pousser un hurlement à Madeleine.)

CHARLOTTE.

J'peux pas voir ça, moi ! (Elle sort par la gauche.)

JEAN, à Charlotte.

Sensitive !... (Il sort à la suite de sa sœur.)

LA MÈRE, à Agénor.

Elle ose murmurer, ta sœur... Je vais prendre le joujou, alors ! (Elle saisit un martinet sur le comptoir et frappe Madeleine qui crie. — Philippe entre par le fond.)

Scène IX

AGÉNOR, MADELEINE, PHILIPPE, LA MÈRE.

PHILIPPE, repoussant la mère.

Vieille brute !... Voulez-vous bien laisser cette enfant !...

LA MÈRE.

Ah ! ça, mais quel est cet intrus ?... On n'a rien à vous servir ici !... Sortez !... Ce qui se passe dans cette maison ne vous regarde pas !

MADELEINE, à Philippe.

Sou... Sou... un petit sou !...

PHILIPPE.

Pauvre fille !

LA MÈRE.

Montre-lui la porte, Agénor...

AGÉNOR, à Philippe.

Personne ne vous retient !...

PHILIPPE.

On entend du dehors les cris de votre victime. Si je m'en vais, je reviendrai avec le commissaire de police.

AGÉNOR.

Diable !...

LA MÈRE.

De quoi ! Le commissaire ! Eh bien, qu'est-ce qu'il dira, le commissaire ?

AGÉNOR.

Puis, du reste, elle est folle !...

PHILIPPE.

Ce sont les soins que vous lui donnez ?...

LA MÈRE.

Dame, quand on n'est pas riche !

PHILIPPE.

Il y a des parents qui se sacrifient pour leurs enfants... Vous, vous assommez votre fille !...

LA MÈRE.

Et qui vous dit que cela soit ma fille ?

AGÉNOR, à part.

Maladroite !

PHILIPPE.

Ce n'est pas votre fille... Je l'emmène, alors...

LA MÈRE.

Où ça ?

PHILIPPE.

En un lieu où on ne la martyrisera pas !... Voulez-vous venir avec moi, mademoiselle ? (Madeleine va vers Philippe avec empressement, comme pour chercher auprès de lui un refuge contre les coups de la mère Bondu.)

LA MÈRE.

Et vous croyez que nous vous laisserons faire ?

PHILIPPE.

Vous ne devez pas beaucoup tenir à cette infortunée que je rencontre depuis longtemps déjà, demandant l'aumône aux passants, et qui m'inspire la pitié la plus profonde... Je me doutais bien qu'elle ne vivait pas avec sa famille, mais qu'elle était exploitée par d'infâmes bourreaux !

LA MÈRE.

Eh! bien, Agénor, on ne répond pas? (Faux mouvement d'Agénor vers Philippe.)

PHILIPPE.

S'il me touche, je l'assomme!...

AGÉNOR.

Attends, je vais appeler Jean... (Il va vers la porte à gauche en appelant :) Jean!

PHILIPPE, à Madeleine.

Suivez-moi, mademoiselle! (Il lui prend la main; la mère s'interpose et se cramponne à Madeleine. — Jean paraît à gauche. Agénor lui parle.)

Scène X

JEAN, AGÉNOR, MADELEINE, PHILIPPE, LA MÈRE.

JEAN.

Ah! coquin! (Philippe se met sur la défensive et, quand Jean s'approche, il lui détache un coup de poing. Jean trébuche.)

AGÉNOR.

Hein! la mère! Il est solide, cet homme?

JEAN.

Vas-tu me laisser assommer, Agénor?... (Agénor a l'air de dire du geste que ça ne le regarde pas. Jean s'approche de nouveau de Philippe. Quand il est tout près de lui, Philippe se baisse vivement et lui envoie un coup de tête dans la poitrine. Jean, suffoqué, vient tomber dans les bras de la mère qui le fait asseoir.)

PHILIPPE (1).

Combien voulez-vous pour cette enfant?

LA MÈRE.

Monsieur songe à nous l'acheter?

AGÉNOR (2).

Je comprends... La petite n'est pas mal, en effet... et avec un peu de toilette... Vous êtes un amateur, vous...

PHILIPPE.

Vos suppositions ne m'étonnent pas... Vous ne pouvez croire que ce soit la compassion seule... Je sais cependant ce que souffre une malheureuse créature haïe et

---

(1) Madeleine, Agénor, Philippe, la Mère, Jean.

(2) Madeleine, Philippe, Agénor, la Mère, Jean.

battue, à l'âge où les autres sont caressées et aimées... (Madeleine se rapproche de Philippe.) Du moins, je protégerai celle-là !...

LA MÈRE, ricanant.

C'est bien ça... vous serez un protecteur !...

PHILIPPE.

Peu vous importe, d'ailleurs !... Quel est votre prix ?

LA MÈRE.

Quoique vous en disiez, elle m'a coûté cher à élever !

AGÉNOR.

Les yeux de la tête...

PHILIPPE, haussant les épaules.

Après tout, je suis bien bon... S'il n'y a pas assez d'or dans cette bourse, vous me réclamerez le reste. (Il jette une bourse qui est saisie au vol par la mère. A Jean, qui s'avance menaçant :) Souviens-toi de la leçon que je t'ai donnée.

LA MÈRE, ouvrant la bourse : à Agénor, qui est allé la rejoindre.

C'est de l'or, du véritable or !... (Philippe et Madeleine sortent par le fond.)

JEAN, dans la direction de Philippe.

Toi, je te retrouverai ! (Charlotte paraît à gauche.)

CHARLOTTE.

Ah ! Madeleine est partie ?

LA MÈRE.

L'ingrate ! Elle n'embrasse pas seulement ceux qui l'ont élevée !

FIN DU PREMIER TABLEAU

Deuxième Tableau

LE CRIME D'UN HONNÊTE HOMME

Un jardin chez Boilansac. A Croissy. Fauteuils, meubles de jardin. Muraille avec porte au fond. Portes de pavillons à droite et à gauche.

Scène Première

AGÉNOR, CHARLOTTE (Agénor est à califourchon sur la muraille, il cherche à sauter dans le jardin.)

CHARLOTTE.

Eh ! l'homme !... qu'est-ce que vous faites là ?...

AGÉNOR.

Niaise, ne veux-tu pas crier ! Tu ne me reconnais donc pas ?...

CHARLOTTE.

Agénor !

AGÉNOR.

Oui, Agénor, qui préfère encore tomber sur toi que sur un autre... (Descendant.) Oh ! je dégringole.

CHARLOTTE.

M'expliqueras-tu ?

AGÉNOR.

C'est bien simple... Ayant à te parler, je suis venu à Croissy... J'ai trouvé fermée la grille de cette maison et, comme il eût été peut-être dangereux de sonner, attendu que je ne savais pas qui m'ouvrirait...

CHARLOTTE.

Tu es entré ici par escalade...

AGÉNOR.

Mais sans effraction.

CHARLOTTE.

Et si l'on t'avait vu ?

AGÉNOR.

J'avais jeté un regard inquisiteur pour m'assurer qu'il n'y avait personne... Puis, entre nous, je n'étais pas sans avoir besoin de me mettre en sûreté.

CHARLOTTE.

Comment?

AGÉNOR.

Tout à l'heure, en passant sur la place, j'ai remarqué à l'étalage d'un magasin cette écharpe (Il tire une écharpe de sa poitrine.) et, tu sais, l'habitude... Bref, on m'a poursuivi...

CHARLOTTE.

Toujours le même!

AGÉNOR.

Je sais bien que c'est une faiblesse de ma part de ne pas négliger les petits profits, alors que j'ai en vue tant de grosses affaires...

CHARLOTTE.

Pourvu que l'on ne découvre pas où tu t'es réfugié...

AGÉNOR.

Non, je les ai dépistés...

CHARLOTTE.

Enfin, qu'avais-tu à me dire?

AGÉNOR.

Tu t'en doutes probablement, car je ne t'ai pas procuré cette place uniquement pour que tu touches 40 francs par mois comme femme de chambre... On a l'air calé ici... Connais-tu où le Monsieur tient sa caisse?... As-tu pris l'empreinte des serrures?... En un mot, quand et comment pourrons-nous agir?

CHARLOTTE (1).

Ma foi, je t'avoue que M. Boilansac est si bon, et Mlle Lucie, sa fille, si aimable...

AGÉNOR, irrité.

Voilà à quoi je ne m'attendais pas...

CHARLOTTE.

Je t'avais prévenu que ce n'était pas dans mes goûts d'être au service des gens qu'on devait dépouiller...

AGÉNOR.

Qu'est-ce qui est dans tes goûts, à toi?... Ah! tu nous l'avais déjà appris... Tu préférerais mal tourner.

CHARLOTTE.

Ça, c'est vrai.

---

(1) Charlotte, Agénor.

AGÉNOR.

Eh bien, moi, je te déclare que tu ne feras que ce que je voudrai, ou sinon, gare!... Est-ce que les Bondu seraient des propres à rien?... J'ai sur les bras ta mère qui ne réussit pas comme marchande à la toilette et qui ne nous procure aucune affaire... Quant à ton frère, il boit, il mange, il joue... C'est tout ce dont il est capable?... Maintenant, à ton tour, tu rechignes. (Il s'assied sur le banc du jardin, à droite.)

CHARLOTTE, allant vers lui.

Si c'est pour dire des choses désagréables que tu es venu, tu peux t'en retourner!... (On sonne au fond.)

AGÉNOR.

Hein!...

CHARLOTTE.

C'est quelque visiteur... Je vais ouvrir. (Montrant la gauche à Agénor.) File tout droit devant toi!... Je te rejoindrai. (Agénor sort par une porte de pavillon à gauche.)

Scène II

CHARLOTTE, GEORGES, puis LUCIE (1).

GEORGES, entrant par le fond.

M. Boilansac est-il visible?...

CHARLOTTE.

Je pense que oui, Monsieur. (Lucie entre par la droite.)

GEORGES, saluant (2).

Mademoiselle.

LUCIE.

Bonjour, Monsieur Georges... Vous demandez papa?

GEORGES.

Je désirerais causer avec M. Boilansac.

LUCIE.

Ah!

CHARLOTTE, à part.

Mademoiselle ne se plaindra pas qu'on la laisse seule avec M. Georges... Il faut que je fasse partir Agénor. (Charlotte sort par la même porte qu'Agénor.)

---

(1) Charlotte, Georges.

(2) Charlotte, Georges, Lucie.

LUCIE, à Georges.

Vous avez l'air songeur, vous si gai d'habitude?...

GEORGES.

Vous flattez mon air, Mademoiselle, il n'est pas songeur, il est consterné!

LUCIE.

Monsieur Georges, un renseignement s'il vous plaît! Qu'est-ce qu'une vie de polichinelle?

GEORGES.

Mademoiselle!...

LUCIE.

Répondez.

GEORGES.

Eh bien, c'est une vie à tout casser.

LUCIE.

Alors vous menez une vie à tout casser, vous, car votre père dit toujours: « Mon fils?... il mène une vie de polichinelle! »

GEORGES.

C'est vrai, Mademoiselle, les pères disent cela... Ils oublient qu'eux aussi, ils ont vécu comme Polichinelle! Quand le diable devient vieux, il se fait ermite... Quand Polichinelle a vieilli, il joue le rôle de commissaire.

LUCIE.

Votre père voudrait vous voir travailler.

GEORGES.

Je suis avocat, Mademoiselle.

LUCIE.

Ce n'est pas une occupation cela, Monsieur.

GEORGES.

Si je n'ai pas de client, est-ce ma faute? (Boilansac arrive par la droite.)

Scène III

GEORGES, BOILANSAC, LUCIE.

BOILANSAC.

Qu'est-ce qui me vaut la visite de M. Georges Hélouin?

GEORGES.

C'est à vous seul, Monsieur Boilansac.

LUCIE.

Je comprends... (Riant.) Au revoir, Polichinelle !...

BALANSAC.

Lucie... quelles sont ces expressions ?...

LUCIE.

M. Georges me comprend... Ce n'est pas une injure, papa, c'est une allusion ! (Elle sort par la droite.)

Scène IV

GEORGES, BOILANSAC.

BOILANSAC.

Assieds-toi. (Ils s'asseyent tous les deux autour d'un guéridon à gauche.)

GEORGES.

J'ai fait une sottise.

BOILANSAC.

Une seule ?...

GEORGES.

Mon père est très sévère pour moi, et je n'ose pas la lui avouer...

BOILANSAC.

Permets-moi de t'interrompre. Ton père n'est nullement sévère pour toi. Il te donne trois mille francs par mois pour tes menus plaisirs, et, quand ils atteignent ce chiffre, les plaisirs ne sont pas menus.

GEORGES.

Mon père a plus de dix millions, sans compter ce qu'il gagne encore.

BOILANSAC.

Tu sais qu'il dépense ses revenus...

GEORGES.

Oui, c'est un philanthrope... Il a des usines et il veut que ses ouvriers soient heureux... comme s'ils pouvaient l'être !... Il subventionne des hospices, il en a créé même... Et alors qu'il ne donne à son fils que trente-six mille francs par an, il dépense dix fois plus pour des indifférents...

BOILANSAC.

Pour les malheureux !... Vas-tu condamner la bienfaisance, à présent ?

GEORGES.

Dieu m'en garde ! Quand je rencontre un mendiant, je lui donne dix centimes si je les ai... Voilà comment je comprends la charité !

BOILANSAC, se levant et gagnant le milieu de la scène.

Tu dois comprendre l'obligeance d'une façon plus large...

GEORGES, se levant également.

Pourquoi me dites-vous cela ?...

BOILANSAC.

Parce que je t'ai deviné !

GEORGES.

Où en étions-nous ?

BOILANSAC.

A ta sottise. De quel prix est-elle ?...

GEORGES.

Elle est dans les grands prix...

BOILANSAC.

Et tu me la dédies ?

GEORGES.

Je vous paierai les intérêts s'il le faut...

BOILANSAC.

Dis-moi d'abord le capital.

GEORGES.

Vingt mille.

BOILANSAC.

Malepeste !

GEORGES.

J'ai eu une déveine noire.

BOILANSAC.

Au baccara ?

GEORGES.

A la Bourse.

BOILANSAC.

Il y en a qui font brûler les chandelles par les deux bouts. Chez toi, la mèche sort de tous côtés...

GEORGES.

Heureusement nous avons des chandelles de rechange, dix millions de chandelles !

BOILANSAC.

Je te conseille cependant de modérer ton éclairage... Tu m'entends ?

GEORGES, apercevant Hélouin à droite.

Je vois papa, et je lui cède la place. (Il sort par la gauche.)

BOILANSAC, sévèrement.

De mon temps... (Gaiement.) c'était absolument comme ça !

Scène V

BOILANSAC, HÉLOUIN.

HÉLOUIN, entrant par la droite.

Bonjour, Boilansac.

BOILANSAC, lui tendant la main.

Ah ! Quelle aimable surprise !

HÉLOUIN.

J'ai été inquiet ce matin d'apprendre que tu étais indisposé et que cela t'empêchait de venir à notre usine de la Villette... J'ai pris le train pour Croissy...

BOILANSAC.

Merci...

HÉLOUIN.

Comment vas-tu ?

BOILANSAC, allant s'asseoir à droite (1).

Cela ne sera rien... Un vieux rhumatisme ! C'est un locataire incommode qui, de temps en temps, me prévient qu'il n'a pas donné son congé...

HÉLOUIN.

Je suis venu avec Philippe, notre brave contre-maître. Il allait au Vésinet retirer sa petite protégée.

BOILANSAC.

Ah !...

HÉLOUIN.

Cette pauvre fille arrachée, il y a six mois, à la brutalité de misérables, a recouvré aujourd'hui la raison que des traitements infâmes lui avaient fait perdre... C'est une belle action que celle de Philippe, mais elle a déjà eu sa récompense... Il a eu le bonheur de voir peu à peu s'éveiller cette âme qu'on eût pu croire à jamais endormie... Madeleine n'a certainement pas encore toute l'intelligence d'une jeune fille de son âge,

---

(1) Hélouin, Boilansac.

mais on peut espérer qu'elle deviendra un jour ce qu'elle serait déjà sans les bourreaux qui l'ont torturée...

BOILANSAC.

Philippe n'a même pas voulu nous permettre de l'aider dans cette circonstance..

HÉLOUIN.

C'est qu'il a l'égoïsme de la charité!

BOILANSAC.

Tu le connais, cet égoïsme-là... c'est même le seul droit dont tu sois capable... Mais moi, je l'ai attrapé ton Philippe... Je lui ai augmenté ses appointements... Ah! tu veux faire la charité tout seul... V'lan, je te donne par an mille francs de plus... Ça t'apprendra...

HÉLOUIN.

Si tu parles tout le temps, je ne pourrai pas finir.

BOILANSAC.

C'est juste...

HÉLOUIN.

Dans cet asile du Vésinet où il avait placé Madeleine, Philippe allait la voir les dimanches, les jours où il avait un peu de liberté. Cette infortunée, d'abord presque insensible, ne connaissant que la peur des coups, sut bientôt distinguer son bienfaiteur. Elle allait à lui avec de petits cris de joie, elle lui manifestait sa reconnaissance, son attachement. Un jour, j'ai accompagné Philippe à l'asile. On me dit que chaque fois qu'il s'y rendait, il semblait en quelque sorte apporter avec lui une amélioration dans l'état de la malade. Je ne suis pas étonné qu'on ne puisse plus garder Madeleine parmi des folles!...

BOILANSAC.

Ah!...

HÉLOUIN.

Cette jeune fille est donc guérie maintenant, mais, comme, malgré la faiblesse d'esprit qui subsiste, ce n'est plus une enfant, Philippe ne peut guère la recevoir chez lui sans faire jaser...

BOILANSAC.

Tu as raison.

HÉLOUIN.

Il m'a dit qu'il avait l'idée de l'installer à Paris et de lui louer une petite chambre. Il n'a personne à qui la confier et elle sera seule, cette pauvre enfant... Je disais ça tout à l'heure à Lucie quand je suis arrivé, et sais-tu quelle idée est venue à ta fille ? (Hélouin et Boilansac se lèvent.)

BOILANSAC.

Voyons.

HÉLOUIN.

Celle de prendre Madeleine avec elle ici, à Croissy, dans ta maison.

BOILANSAC.

Eh bien, si Lucie le veut, je le veux aussi... Cela te surprend-t-il ?...

HÉLOUIN.

Papa gâteau, va (1). Tiens, voici Philippe !... (Philippe entre par la porte.)

Scène VI

BOILANSAC, HÉLOUIN, PHILIPPE.

PHILIPPE.

Pardon, messieurs, je viens vous demander un congé d'une journée pour installer Madeleine.

BOILANSAC.

Nous ne vous l'accordons pas !

PHILIPPE.

Ah !

HÉLOUIN.

C'est inutile...

BOILANSAC.

Nous installons ici Madeleine.

PHILIPPE, ému.

Vous feriez cela, monsieur Boilansac ?... (2).

BOILANSAC.

Et ce sera moins que vous n'avez fait, mon cher Philippe.

PHILIPPE.

Je n'ai pas de famille, je suis seul au monde. Il faut bien que je sois utile à quelqu'un.

BOILANSAC.

Quel âge a-t-elle, cette jeune fille ?...

---

(1) Boilansac, Hélouin.

(2) Boilansac, Philippe, Hélouin.

PHILIPPE.

Elle doit avoir environ dix-huit ans. Je la rencontrais souvent, sa misère m'avait ému. Ayant compris que c'était là une infortune que l'on ne secourait pas avec une vulgaire aumône, un jour, je la suivis. Quand je la vis, pleurant sous les coups, dans le bouge où elle avait pénétré, mon enfance se déroula sous mes yeux... C'est que j'ai commencé par là, moi... J'avais six ans lorsque mes parents m'envoyèrent mendier. Oui, j'ai mendié... Et ce n'était pas pour apporter du pain à un père infirme ou à une mère malade... C'était pour que mon père pût aller boire !... Ma mère et lui me battaient le soir quand on ne m'avait pas assez donné ! A l'âge où les autres enfants grandissent en souriant sous de tendres regards, je me débattais pour échapper à une mégère impitoyable !... Une fois, après m'avoir renversé, elle me foula aux pieds, tandis que mon père, furieux de n'être ivre qu'à demi, lui criait : — Mais frappe donc encore, frappe plus fort... Ça lui apprendra à ne rapporter que quinze sous !...

HÉLOUIN.

C'est monstrueux !

PHILIPPE.

Un soir d'hiver, malgré mes supplications désespérées, je n'avais pas obtenu cinq centimes des passants... j'eus peur de rentrer au taudis maternel et je n'y rentrai plus... J'étais couvert de haillons, mon corps ne formait qu'une plaie que le froid rendait plus cuisante encore... Je ne sais comment je ne suis pas mort, car, depuis deux jours, je n'avais mangé qu'un morceau de pain.

BOILANSAC.

C'est horrible !

PHILIPPE.

Eh bien, monsieur, maintenant que j'y pense, je suis tenté de remercier mes parents. Ils m'ont fait connaître la joie du pardon !

BOILANSAC.

Vous m'avez dit que vous avez rencontré de braves gens...

PHILIPPE

Ils m'ont sauvé, car ils ont fait de moi un homme courageux, un travailleur... Comprenez-vous maintenant pourquoi j'ai recueilli sans réfléchir une enfant que je voyais maltraiter... Sa condition était semblable à celle dont on m'avait tiré jadis...

BOILANSAC.

Allez chercher cette jeune fille !... (Philippe sort par la droite.)

Scène VII

BOILANSAC, HÉLOUIN.

HÉLOUIN.

Tu vois, il cherche à expliquer son acte de charité... Il rend, dit-il, le bien qu'on lui a fait... Est-ce assez beau de partir du ruisseau pour s'élever, par son travail, à une position honorable, et, par ses idées, à une hauteur de sentiments que peu d'hommes connaissent !

BOILANSAC.

Tu es, en effet, bon juge, toi. Tu ne sais qu'imaginer pour faire le bien. Ça a l'air d'un parti pris. Tu es un maniaque de la bienfaisance.

HÉLOUIN.

Laisse-moi donc tranquille !... Avec ton air bourru, tu es meilleur que moi.

BOILANSAC.

Tu te trompes... Je veux seulement, de temps en temps, essayer de me faire pardonner la chance qui m'a favorisé... De tout petit employé, j'ai pu devenir chef d'usine et millionnaire, grâce à toi, Hélouin, qui m'as fait ton associé...

HÉLOUIN.

N'en ai-je pas été récompensé, et, lorsqu'une crise a éclaté, n'as-tu pas sauvé la maison ?

BOILANSAC.

Oui, j'ai recueilli au moment opportun un héritage inespéré... Un cousin qui est mort et dont je ne m'attendais pas à avoir un jour la succession car il avait lui-même une famille... Il est vrai qu'il a été assassiné avec sa femme, que sa fille a disparu... Ah ! cette enfant, si elle reparaissait, ce serait à elle qu'appartiendrait une grande partie de mes richesses...

HÉLOUIN.

Il y a seize ans que cette catastrophe s'est produite ?...

BOILANSAC.

Oui, et je dois dire que, depuis cette époque, je n'ai cessé de faire rechercher la fille de Savigny, ainsi s'appelait mon parent... Obligé, comme tu le sais, de me rendre en Amérique pour les intérêts de notre maison, j'avais confié le soin de la retrouver à un policier habile nommé Veinard, mais, malgré tout son zèle, cet homme n'a rien pu apprendre sur ce qu'elle était devenue.

HÉLOUIN.

Tout porte à croire que cette enfant, qui serait maintenant une jeune fille, est morte.

BOILANSAC.

La justice l'a cru et c'est ce qui m'a permis d'entrer en possession de la fortune des Savigny, mais je n'en ai pas moins toujours eu dans l'idée que la véritable héritière finirait par se montrer... Je me suis toujours tenu prêt à lui rendre son argent avec les intérêts...

HÉLOUIN.

Très bien, mais tu attendras longtemps, mon cher Boilansac... A propos, tu as parlé tout à l'heure d'un policier du nom de Veinard... Est-il parent avec cet employé infidèle que tu n'as pas voulu dénoncer au parquet?

BOILANSAC.

Oui, c'est son père... Et c'est à cause de lui que je t'ai prié d'épargner le jeune gredin. Veinard père a toujours rempli ses fonctions avec conscience, c'est un honnête homme... Pour ce motif, j'ai pensé qu'il valait mieux que son fils, qui était entré chez nous sur sa recommandation, allât se faire pendre ailleurs !

HÉLOUIN.

Ton indulgence m'avait surpris...

BOILANSAC.

Tu sais que j'ai en horreur les malhonnêtes gens... (Ils se prennent par le bras et gagnent la droite.)

HÉLOUIN.

Oh! je suis comme toi... Autant j'admire la probité courageuse de notre Philippe, autant je hais l'indélicatesse... S'il n'eût tenu qu'à moi, ce jeune Veinard... (Depuis un instant, Agénor s'est montré à gauche avec Charlotte; il cherche à gagner la porte du fond.)

Scène VIII

AGÉNOR, CHARLOTTE, BOILANSAC, HÉLOUIN.

AGÉNOR, à Charlotte.

Qu'est-ce que ces messieurs qui causent ?

CHARLOTTE.

Ne fais pas attention .. Ils ne nous verront pas... Sors vite !...

HÉLOUIN, à Boilansac.

Je suis sans pitié pour les voleurs.

AGÉNOR.

Hein !... Ils parlent de mon affaire de tout à l'heure... Ils ont peut-être été témoins. S'ils me reconnaissaient !

CHARLOTTE.

Qu'est-ce qui t'arrive ?

AGÉNOR.

Je préfère attendre. (Charlotte et Agénor se dissimulent vivement à gauche).

HÉLOUIN.

Qu'y a-t-il ? (Lucie entre du côté opposé à celui par lequel Charlotte et Agénor sont sortis.)

Scène IX

BOILANSAC, HÉLOUIN, LUCIE.

LUCIE.

Bonjour, monsieur Hélouin.

HÉLOUIN.

Ah ! c'est vous, mon enfant !

LUCIE.

Nous avons vu votre fils tout à l'heure.

HÉLOUIN.

Georges est venu ?... (Boilansac fait signe à Lucie de se taire.)

HÉLOUIN.

Pourquoi fais-tu des signes à ta fille ?

LUCIE, vivement.

Il n'est pas venu ! Il n'est pas venu !

BOILANSAC.

Il est bien temps, petite bavarde.

LUCIE.

Est-ce que je savais, moi ?

BOILANSAC.

C'est bien, mademoiselle !

LUCIE.

Si c'est bien, de quoi te plains-tu !

BOILANSAC.

Il faut toujours qu'elle réplique.

LUCIE (1).

Et vous, il faut toujours que vous grondiez, monsieur. C'est mal, vous n'aurez pas de dessert...

HÉLOUIN.

Bravo !

LUCIE.

Quand on n'a qu'une fille, on la ménage. N'est-ce pas, monsieur Hélouin ?

HÉLOUIN.

C'est bien plus agréable que d'avoir un fils !

LUCIE.

Vous voyez ! (Elle embrasse Boilansac.) Tout à l'heure, je te ferai une surprise.

BOILANSAC.

Je la connais.

HÉLOUIN.

Je l'ai prévenu.

LUCIE.

Alors, ce n'est plus une surprise. Et il a accepté ?

BOILANSAC.

Puisque tu le veux !

LUCIE.

Voilà qui rachète vos torts !... Tu es un ange !... (Elle va pour s'en aller à droite; se retournant :) Et tu auras du dessert. (Elle sort.)

Scène X

BOILANSAC, HÉLOUIN.

BOILANSAC.

J'ai deviné son secret à celle-là. Elle aime ton fils !

---

(1) Boilansac, Lucie, Hélouin.

HÉLOUIN.

Elle a tort !

BOILANSAC.

Quel dommage que Georges ne soit pas plus sérieux !

HÉLOUIN.

Je parie qu'il est venu t'emprunter de l'argent tout à l'heure !...

BOILANSAC.

Ne parie pas.

HÉLOUIN.

Cet enfant est incorrigible !... Non seulement il gaspille beaucoup d'argent, ce qui n'est rien, mais beaucoup de temps... Moi qui aurais voulu qu'il devînt un homme utile...

BOILANSAC.

Il faut que jeunesse se passe...

HÉLOUIN.

Elle ferait mieux de se passer... de folies... Georges est sous la domination d'une certaine Clara, une fille dangereuse qui a su inspirer des passions dont l'issue a été fatale... Ah ! c'est un grand souci pour moi...

BOILANSAC.

Georges saura mieux que ses prédécesseurs se tirer des griffes roses de Clara... Il montre parfois un esprit assez pratique... Il est jeune, je le répète, et voilà tout !...

HÉLOUIN.

Pour moi ce n'est pas une excuse suffisante... Les mauvaises actions commises à son âge sont celles qui laissent le plus longtemps des remords... J'en sais quelque chose. (Georges entre par la gauche ; il a entendu les dernières paroles de son père.)

Scène XI

BOILANSAC, GEORGES, HÉLOUIN.

GEORGES.

Tu as des remords, papa ?...

HÉLOUIN.

Vous avez bien entendu..

GEORGES.

Si tu me dis : vous, je m'en vais tout de suite !...

HÉLOUIN (1).

Vous avez fait de nouvelles folies et, au lieu de me les avouer, vous venez emprunter de l'argent à M. Boilansac.

BOILANSAC, vivement.

Ce n'est pas moi qui l'ai dit !...

GEORGES, avec un geste de supplication ironique.

J'ai des remords, moi aussi !

HÉLOUIN, très sérieux.

Ne riez pas... car, puisque vous avez entendu, je dois peut-être vous donner des explications. Le moment est venu de vous citer mon propre exemple pour vous arrêter au milieu des entraînements de votre folle jeunesse...

GEORGES.

Voyons, qu'est-ce que tu racontes ?...

HÉLOUIN.

Moi aussi, mon fils, j'ai eu une de ces liaisons qui peuvent faire sortir du droit chemin... Le résultat en a été une faute et, quand je dis faute, je pense crime !...

GEORGES, avec quelque émotion.

Un crime, tu n'es pas capable d'en avoir commis un !...

HÉLOUIN.

Devant mon associé et mon meilleur ami, je ne crains pas de parler... Devant vous, il le faut puisque ma confession peut vous être utile... L'homme qui fixe son choix sur une femme puis qui l'abandonne en se dérobant aux conséquences de sa conduite n'est-il pas un grand coupable ?

GEORGES.

C'est suivant.

HÉLOUIN.

Il n'est rien à mes yeux qui puisse plaider en sa faveur. Cette femme a beau être indigne... L'être innocent qui est né n'en a pas moins le droit d'être aimé et protégé par celui qui est son père sinon devant la loi, du moins par le sang... Vous n'avez aucun reproche à m'adresser, vous. Ne vous ai-je pas élevé et guidé vers le bien ? Vous avez reçu une belle éducation et, si vous vouliez, vous pourriez gagner honorablement votre vie...

---

(1) Boilansac, Hélouin, Georges.

GEORGES.

A quoi bon puisque tu es riche ? C'est une mauvaise action que de prendre les places de ceux qui sont pauvres...

HÉLOUIN.

Vous préférez vivre en oisif, en désœuvré. J'ai payé cinq fois vos dettes... Et tandis que je me suis largement acquitté de tous mes devoirs envers vous, j'ignore ce qu'a souffert l'enfant abandonné, les humiliations qu'il a éprouvées, qu'il éprouve encore s'il n'est pas mort !

BOILANSAC.

Mais n'as-tu rien fait pour cet enfant, Hélouin ?

HÉLOUIN.

Pas assez, car ma protection s'est résumée en une somme d'argent que j'ai donnée à ma maîtresse quand je l'ai quittée...

GEORGES.

Eh bien alors ?...

HÉLOUIN.

J'estimais à cette époque ne pas pouvoir faire plus... C'était vrai peut-être pour la mère, mais non pour l'enfant...Tandis que je vous parle tête haute, je l'aborderais, lui, tête basse... N'est-ce pas une chose capable de vous faire rentrer dans le droit chemin, de me voir ainsi rougir... ?

BOILANSAC.

Tu es un honnête homme cependant, Hélouin...

HÉLOUIN.

Parfois j'en doute...

GEORGES, avec chaleur.

Oh ! tu as tort ! Mais tu viens de m'apprendre que j'ai un frère... où est-il ?

HÉLOUIN.

Je voudrais bien le savoir...

GEORGES.

Et, s'il reparaissait, tu t'humilierais devant lui, toi, mon père !

HÉLOUIN.

Je le prierais de me pardonner... (Lucie, Madeleine et Philippe entrent par le fond à droite.)

Scène XII

BOILANSAC, HÉLOUIN, LUCIE, MADELEINE, GEORGES, PHILIPPE.

LUCIE, à Madeleine.

Venez, mademoiselle, je vais vous présenter à mon père.

PHILIPPE.

Je vous amène ma protégée, M. Boilansac.

BOILANSAC (1), à Madeleine.

Cela vous plaira-t-il de rester avec nous, mademoiselle ?

MADELEINE, encore un peu égarée.

Ah ! Si Philippe veut !...

PHILIPPE.

Je suis fort heureux de cette offre... Remercie, Madeleine.

MADELEINE.

Merci... mais... mais, toi !...

PHILIPPE, souriant.

Moi... Je viendrai te voir souvent... Si M. Boilansac le permet.

BOILANSAC.

Certainement je le permets... (A Madeleine.) On fera ici tout ce qu'on pourra pour vous êtes agréable... et vous serez l'amie de ma fille... Le voulez-vous ?

MADELEINE, désignant Lucie du doigt.

Mademoiselle... Oh ! oui ! (Elle va vers Lucie, et lui prend la main, Lucie l'embrasse.) (2)

HÉLOUIN.

Reconnaissante et affectueuse déjà ! Elle est bien guérie !...

MADELEINE, à Boilansac.

Monsieur, monsieur, je voudrais bien qu'on me fît travailler...

BOILANSAC.

Très bien, mon enfant... Que savez-vous faire ?...

---

(1) Hélouin, Lucie, Boilansac, Madeleine, Philippe, Georges.

(2) Lucie, Madeleine, Boilansac, Philippe, Hélouin, Georges.

PHILIPPE.

Elle est très adroite...

BOILANSAC, à Madeleine.

C'est entendu... Vous travaillerez .. vous ferez tout ce que vous voudrez...

MADELEINE.

Pour mademoiselle ?

BOILANSAC.

Pour mademoiselle.

MADELEINE, frappant des mains.

Oh ! que vous êtes bon !

GEORGES.

Bien meilleur que Saint Vincent de Paul ! Il ne recueillait que les petits enfants...

BOILANSAC.

On va montrer sa chambre à Madeleine... Où est Charlotte ? (appelant) Charlotte !

Scène XIII

AGÉNOR, CHARLOTTE, MADELEINE, LUCIE, BOILANSAC, PHILIPPE, HÉLOUIN, GEORGES. (Charlotte allait essayer de nouveau de faire esquiver Agénor au moment où Boilansac l'appelle.)

CHARLOTTE.

Qu'y a-t-il encore ?

AGÉNOR, grommelant.

Décidément il y a toujours à faire dans cette place.

CHARLOTTE, précipitamment à Agénor.

Cache-toi là. (Elle désigne un massif.)

BOILANSAC.

Charlotte !

CHARLOTTE.

Monsieur !

BOILANSAC.

Charlotte, conduisez mademoiselle.

CHARLOTTE, reconnaissant Madeleine.

La Madeleine !

MADELEINE, avec épouvante.

Ah !

PHILIPPE, allant à Madeleine. (1)

Qu'as-tu ?

MADELEINE.

Elle... Charlotte ! La Bondu !... j'ai peur !... (Elle veut fuir.)

PHILIPPE, essayant de la retenir.

Madeleine, calme-toi...

MADELEINE.

Sa mère veut me frapper... je ne veux plus mendier !

BOILANSAC.

Qu'y a-t-il ?

HÉLOUIN.

C'est un accès...

LUCIE.

Calmez-vous, pauvre fille.

CHARLOTTE.

Que vient faire la folle ici ?... (Elle veut se rapprocher de Madeleine.)

MADELEINE.

Ne m'approchez pas... au secours, Philippe !... non, non !... (Elle échappe à Philippe et se dirige vers le massif où est Agenor qu'elle reconnait, elle recule terrifiée.) Agénor ! Agénor !

AGÉNOR, apparaissant.

Eh bien, quoi ! On ne peut donc pas rendre visite à sa sœur maintenant ?

BOILANSAC, HÉLOUIN, LUCIE.

Un homme !

MADELEINE, au comble de l'épouvante.

Grâce, pitié ! (Perdant la raison.) Sou... Sou !

PHILIPPE, s'élançant sur Agénor qu'il terrasse.

Misérable !

MADELEINE, à genoux.

Sou... sou... un petit sou !

GEORGES.

Voilà ce que c'est que de prendre des aliénés chez soi.

FIN DU DEUXIÈME TABLEAU. — RIDEAU.

---

(1) Agénor, Charlotte, Madeleine, Philippe, Lucie, Boilansac, Hélouin, Georges.

ACTE DEUXIÈME

Troisième Tableau

Salon chez Clara, fort élégamment meublé. Portes avec portières, chaise longue, étagères garnies de bibelots, petite table sur laquelle est un élégant service de fumeur.

Scène Première

VEINARD, CHARLOTTE. (Veinard, en gilet et tablier de valet de chambre, époussète les bibelots d'une étagère.)

VEINARD.

V'lan ! et V'lan ! Encore un de cassé !

CHARLOTTE, qui se fait une réussite sur une petite table.

Maladroit !

VEINARD, ramassant les morceaux.

Dame ! pour être bon domestique, il faut avoir été pris tout petit pour ça !

CHARLOTTE, se levant.

Ne dirait-on pas que vous êtes sorti de la cuisse de Jupiter !

VEINARD.

Dans ma famille, nous ne sommes pas larbins de père en fils. Je suis même le premier à exercer cette noble profession... et c'est au service d'une cocotte que je commence !...

CHARLOTTE.

Que ce soit au service d'une cocotte ou de toute autre personne, qu'est-ce que cela vous fait, Ernest ?

VEINARD.

Ernest !... Qui est-ce donc, Ernest ?... Ah ! j'oubliais... Il ne m'est plus permis de m'appeler Veinard.

CHARLOTTE, se remettant à sa réussite.

Vous êtes à peu près rassuré, maintenant...

VEINARD.

Je vous assure que non... Il vient tant de monde chez madame... J'ai eu une jolie frousse, l'autre jour, quand j'ai entendu annoncer M. Hélouin... C'est ainsi que s'appelle un de mes anciens patrons, un de ceux dont j'ai mangé la grenouille.

CHARLOTTE.

Heureusement que le visiteur n'était que le fils de l'associé de M. Boilansac... M. Georges ne vous connaissait pas, car il ne vous a jamais vu à l'usine de son père... Et puis, il vous eût connu que c'eût été la même chose... Il m'a bien vue, moi, à Croissy, et il sait bien pourquoi on m'a mise à la porte de là-bas...

VEINARD.

Au fait, pourquoi vous a-t-on congédiée ?...

CHARLOTTE.

C'est à cause d'une folle à qui j'ai fait peur...

VEINARD.

Une folle ?...

CHARLOTTE.

Agénor l'a surtout effrayée...

VEINARD.

Ah ! ça ne m'étonne pas. Il a une tête que je ne voudrais pas rencontrer au coin d'un bois. Ni aucun membre de la famille Bondu, d'ailleurs.

CHARLOTTE, se levant et mettant ses cartes dans sa poche.

Merci, Ernest !

VEINARD.

Vous savez bien que je fais exception pour vous. Vous, au contraire, je vous rencontrerais volontiers au coin d'un bois... sombre... (Il prend la taille de Charlotte.)

CHARLOTTE, lui donnant des tapes sur les mains (1).

Polisson !... Vous aimez les femmes ?...

VEINARD.

C'est suivant... Ainsi, votre mère, par exemple, ne me dit rien... et quand elle est ici .. elle m'agace... Je pense qu'elle y vient trop souvent.

---

(1) Charlotte, Veinard.

Scène II

CHARLOTTE, LA MÈRE, VEINARD.

LA MÈRE BONDU, apparaissant avec un grand panier de marchande à la toilette.

Bonjour, les enfants...

VEINARD.

Précisément, la voilà... Quand on parle des gens, ça les fait venir...

CHARLOTTE, désignant le panier.

Qu'est-ce que tu as là?... Des colifichets?...

LA MÈRE, posant le paquet sur la table.

Si on peut appeler ainsi de la belle et bonne marchandise... ce qu'il y a de plus riche comme étoffe, de plus vrai comme dentelle, et de plus contrôlé comme bijoux... Tout ça, à la dernière mode...

CHARLOTTE.

Ne me fais pas l'article, maman, je ne veux rien acheter... D'ailleurs, tu ne me donnerais pas du temps pour le payer.

LA MÈRE, s'asseyant.

Pour sûr... C'est pas à toi que je voudrais vendre, mais à madame Clara, ta maîtresse... Il n'y a donc pas moyen de faire des affaires avec cette femme?...

CHARLOTTE.

Elle est trop bien nippée pour avoir besoin de ce que tu as là-dedans...

VEINARD.

Et puis, elle vous trouve trop voleuse...

LA MÈRE, se levant furieuse.

Voleuse!... moi!...

VEINARD, reculant.

Oui, c'est l'opinion qu'elle se permet d'avoir sur votre compte... Et moi aussi...

LA MÈRE, s'asseyant de nouveau.

Galopin, va!...

CHARLOTTE.

Quand on veut avoir la pratique d'une femme comme madame Clara, on n'essaye pas, comme tu l'as fait, de la mettre dedans... Elle s'y connaît mieux que toi... Et tu as beau vanter ton toc, elle ne le prendra jamais pour du vrai...

LA MÈRE.

Si tu m'avais aidée à la persuader.

CHARLOTTE.

Je te le répète, madame est une fine mouche... D'ailleurs, elle ne peut pas te souffrir... Et si elle te revoyait...

LA MÈRE.

Si elle me voyait...

CHARLOTTE.

Elle me ficherait un galop parce que je ne t'ai pas mise à la porte... J'ai eu une fière idée de ne pas lui dire que tu étais ma mère...

LA MÈRE, se levant.

C'est cela... rougis de moi...

VEINARD.

Il n'y a pas de quoi en être si orgueilleuse.

LA MÈRE.

Tu nous mécontentes tous, Charlotte. (A voix basse.) Agénor craint que tu ne sois aussi maladroite ici que tu l'as été à Croissy... chez les Boilansac...

CHARLOTTE.

Je lui conseille de se plaindre... c'est lui qui est cause qu'on m'a chassée...

LA MÈRE.

Tu n'avais rien su préparer.

CHARLOTTE.

J'ai dit une fois pour toutes que je ne voulais pas qu'on dévalisât mes maîtres...

LA MÈRE.

Alors, à quoi cela sert-il de te placer ?...

VEINARD.

Canaille, va !...

LA MÈRE.

Je suppose que ce n'est pas pour te trouver avec cet imbécile...

VEINARD.

Hein !...

LA MÈRE.

Enfin, tu t'expliqueras avec Agénor et Jean qui vont venir...

VEINARD.

Dites donc, mais ce n'est pas ici les carrières d'Amérique!...

LA MÈRE.

Il est comme un roquet, celui-là... Il aboie toujours dans les jambes...

CHARLOTTE.

Maman, tu diras à mes frères de me laisser tranquille, de ne pas me relancer dans cette maison. Et si tu veux faire comme eux, tu me feras plaisir.

LA MÈRE se lève.

Qu'est-ce que j'entends ?...

CHARLOTTE.

Je te l'ai déjà dit : Tu es mal vue ici... Va-t-en !

LA MÈRE.

Fille dénaturée, tu me chasses...

VEINARD.

On ne vous retient pas, voilà tout !...

LA MÈRE.

Oh ! faudra bien que tu t'expliques avec Agénor... Et notre association ?...

CHARLOTTE.

Je m'en moque... dépêche-toi... (La mère prend ses paquets.) Trop tard !... Voici madame ! (Clara entre par la gauche.)

Scène III

LA MÈRE, VEINARD, CLARA, CHARLOTTE.

CLARA.

Qu'est-ce que c'est que ça ?... Encore cette femme !...

CHARLOTTE.

Ah ! ce n'est pas ma faute, madame...

CLARA.

Je vous avais dit que je ne voulais plus la voir chez moi...

LA MÈRE, s'avançant, très mielleu

C'est que j'ai une affaire superbe...

VEINARD.

Allons donc !...

CLARA.

Je n'ai besoin de rien...

LA MÈRE.

Pas même d'une belle croix en cabochons?...

CLARA.

Non...

LA MÈRE.

On s'imaginera que c'est la croix de votre mère...

CLARA.

Filez un peu vite...

LA MÈRE, se dirigeant vers la porte du fond.

C'est bon... c'est bon... (furieuse) Pimbèche, va... (montrant le poing :) Ah ! si je pouvais lui jouer quelque mauvais tour !... (Elle sort par le fond.)

Scène IV

CLARA, CHARLOTTE.

CLARA.

Charlotte, une bonne fois pour toutes, je vous défends de laisser entrer ici cette femme...

CHARLOTTE.

C'est malgré moi que tout à l'heure...

CLARA.

Sa tête ne me revient pas...

CHARLOTTE, à part.

C'est drôle... on dit ça de toute ma famille !..

CLARA, elle va s'étendre sur une chaise longue.

Que dis-tu ?

CHARLOTTE.

Rien, madame.

CLARA.

Charlotte !

CHARLOTTE.

Madame ?

CLARA.

Donne-moi une cigarette.

CHARLOTTE.

Voilà, madame. (Elle lui donne un paquet de cigarettes pris sur le guéridon.)

CLARA, offrant une cigarette à Charlotte.

Tu peux en griller une.

CHARLOTTE, acceptant.

Je remercie madame de la confiance dont elle m'honore.

CLARA, allumant une cigarette, puis offrant du feu à Charlotte.

Je ne suis pas mécontente de toi... Tu te feras...

CHARLOTTE.

Ah !

CLARA.

Si cela continue, je t'admettrai à mon bézigue japonais... quand je n'aurai personne...

CHARLOTTE.

Madame a trop de veine... Elle est capable de gagner mes gages.

CLARA.

Que penses-tu de moi, Charlotte ?

CHARLOTTE.

Madame, je vous admire...

CLARA.

Tu exagères...

CHARLOTTE.

Non, madame, j'ai toujours entendu dire des hommes que c'était le sexe fort... Une femme comme vous est la preuve du contraire...

CLARA, se levant (1).

Les hommes, peuh !... Des papillons !

CHARLOTTE.

Dont madame est la chandelle... électrique.

CLARA.

Dès qu'un homme entre ici, il n'a plus de volonté !

CHARLOTTE.

Si, madame, il en a une... la vôtre... Exemple : le petit Hélouin... En pince-t-il pour madame... En pince-t-il !

---

(1) Charlotte, Clara.

CLARA.

Oh ! oui !

CHARLOTTE.

Quand son papa sera mort, le véritable héritier, ce sera madame...

CLARA.

Une dizaine de millions à croquer !...

CHARLOTTE.

Madame a de si belles dents... En attendant, elle ne manque de rien... Pourquoi alors a-t-elle d'autres connaissances ? Pourquoi ne se contente-t-elle pas de ce jeune nigaud ?...

CLARA.

Il vaudrait autant être une femme honnête. (On sonne.) Ce doit être Georges... Va lui ouvrir.

CHARLOTTE.

Oui, madame (Elle sort par le fond.)

CLARA, seule, assise près du guéridon.

Je baille d'avance... En voilà un qui m'ennuie...

CHARLOTTE.

Madame vous attend avec impatience. (Elle introduit Georges et sort par le fond.)

Scène V

GEORGES, CLARA.

GEORGES.

Bonjour, cher ange !

CLARA.

Comment vas-tu, mon amour ?

GEORGES, s'agenouillant près de Clara.

Qu'est-ce que tu aimes mieux ? Un bracelet ou une paire de boucles d'oreilles ?

CLARA.

J'aime mieux un bouquet de violettes de deux sous, si c'est toi qui me le donnes.

GEORGES.

Alors, voici le bracelet avec les boucles d'oreilles et voici encore une bague, parce que les bonnes choses vont par trois...

CLARA.

Tu as donc un œil énorme, chez le bijoutier ?

GEORGES.

Oui... oui... l'œil que le bijoutier jette sur la fortune de papa Hélouin.

CLARA.

Il n'y a pas d'œil qui ne se ferme...

GEORGES.

Oh ! mais, je suis comme Argus, j'ai cent yeux.

CLARA.

Tu m'aimeras toujours ?

GEORGES.

Et toi ?...

CLARA.

Tu es mon idole !

GEORGES.

Je lis dans ton regard que tu dis vrai ! (Charlotte entre effarée par le fond.)

Scène VI

CHARLOTTE, GEORGES, CLARA.

CHARLOTTE.

Madame, c'est M. Hélouin, le père de monsieur !

CLARA.

Qu'est-ce qu'il veut ?

CHARLOTTE.

Il demande à parler à madame.

GEORGES. (1)

Ne le reçois pas.

CLARA.

Pourquoi ? Je serai enchantée de faire sa connaissance.

GEORGES.

Je me sauve dans le boudoir bleu. Sois forte, Clara, papa doit vouloir nous désunir... (Il sort par la gauche.)

CLARA, à Charlotte.

Faites entrer.

Charlotte introduit Hélouin.

---

(1) Georges, Charlotte, Clara.

Scène VII

CLARA, HÉLOUIN.

HÉLOUIN, s'inclinant légèrement.

Madame !

CLARA, très digne.

Bonjour ! monsieur... Veuillez prendre le peine de vous asseoir... (Elle s'assied sur la chaise longue.)

HÉLOUIN, restant debout.

Vous êtes la maîtresse de mon fils.

CLARA.

Et vous le père Duval.

HÉLOUIN.

C'est possible, mais j'ai pris mes renseignements et je sais que vous n'êtes pas Marguerite Gauthier...

CLARA, toussant.

Hein ? en êtes-vous certain ?

HÉLOUIN.

Je vous parle ainsi pour vous apprendre que toute comédie est inutile avec moi...

CLARA.

Tant mieux car la présentation est faite alors... A vous la pose...

HÉLOUIN.

Je n'ai nullement l'intention d'invoquer auprès de vous la morale, mon affection pour mon fils, le chagrin que me cause sa conduite...

CLARA.

Et cœtera, et cœtera, et cœtera...

HÉLOUIN.

Oui, madame... Je viens vous demander combien vous me ferez payer pour congédier Georges ?

CLARA, après avoir réfléchi.

Qu'est-ce que vous diriez de cent mille francs comptant ?

HÉLOUIN.

Je dirais que c'est une jolie somme, mais que je suis disposé à en faire le sacrifice...

CLARA.

C'est gentil de votre part...

HÉLOUIN.

A une condition cependant c'est que vous ferez un voyage.

CLARA, se levant.

Ce sera alors vingt-cinq mille francs de plus... Cent vingt-cinq mille francs, c'est le prix ordinaire.

HÉLOUIN.

Vous irez à Saint-Pétersbourg ou à Vienne.

CLARA.

J'aimerais mieux Nice, comme la dame aux camélias... (Elle tousse.) Je me sens la poitrine faible, monsieur, puis, c'est plus près de Monaco...

HÉLOUIN.

C'est entendu... Vous recevrez la somme tout à l'heure.

CLARA.

Je vais vous rendre votre fils tout de suite pour vous prouver que je suis une femme de parole...

Scène VIII

CLARA, GEORGES, HÉLOUIN.

GEORGES, accourant, il a entendu derrière la porte.

Clara ! Tu ne feras pas cela...

HÉLOUIN.

Vous oubliez que je suis là, monsieur...

GEORGES.

Je suis majeur, j'ai bien le droit d'agir comme il me plaît !

HÉLOUIN.

Si vous continuez à mener cette vie-là, je vous ferai interdire..

GEORGES.

Ça m'est bien égal !

HÉLOUIN.

Ne m'en défiez pas...

CLARA, à part.

Scène de famille... (Haut à Hélouin.) Vous avez ma parole, monsieur, je vous laisse. (Elle se dirige vers la porte à gauche.)

GEORGES.

Clara !

CLARA, de la porte, noblement.

C'est signé avec votre père... Je ne vous connais plus... (Elle sort en fermant la porte au nez de Georges.)

GEORGES.

Ah ! elle m'a bien trompée celle-là !...

Scène IX

GEORGES, HÉLOUIN.

GEORGES.

Vous venez de me condamner à mort !...

HÉLOUIN.

Pour se tuer, monsieur, il faut avoir plus de courage que vous n'en avez...

GEORGES.

Je ne dis pas que je me tuerai, c'est trop pénible !... Mais je suis sûr que je mourrai de chagrin...

HÉLOUIN.

Alors, je suis tranquille !

GEORGES.

As-tu bien fait les choses au moins ? Je n'ai pas pu entendre le chiffre... Combien as-tu donné à Clara ?

HÉLOUIN.

Cent vingt-cinq mille francs.

GEORGES.

Diable !... mais c'est moi qui te ferai interdire. Voilà donc l'usage que tu fais de notre fortune ? Jamais je n'ai donné cent vingt-cinq mille francs à une femme !...

HÉLOUIN.

Je vois avec plaisir que votre désespoir tourne à la plaisanterie...

GEORGES.

Faisons la paix !...

HÉLOUIN.

Qu'elle soit définitive, alors... car je suis à bout de patience.

GEORGES.

N'envoie que dix mille francs à Clara et donne-moi le reste. Je te promets de ne plus la voir...

HÉLOUIN.

J'ai l'habitude de tenir ma parole...

GEORGES.

Bah ! avec ces femmes-là !

HÉLOUIN.

Avec tout le monde !... (Charlotte entrant par la porte du fond.)

Scène X

GEORGES, CHARLOTTE, HÉLOUIN.

CHARLOTTE.

Madame fait dire à monsieur qu'elle a besoin de son salon.

GEORGES.

Elle est pressée, ta maîtresse... Il me semble que cette visite n'a pas été perdue pour elle...

CHARLOTTE.

Et moi, M. Georges ?

GEORGES.

Elle a raison... Voyons, papa...

HÉLOUIN.

C'est juste ! (Il donne deux louis à Charlotte.)

CHARLOTTE.

Merci, messieurs. (A Georges.) Ah ! monsieur est bien heureux d'être débarrassé de madame. Ce matin, encore, madame me disait : quel raseur, quel imbécile... quel... (Clara, entrée par la gauche, a entendu Charlotte.)

GEORGES.

Merci... cela me suffit.

HÉLOUIN, de la porte du fond.

Je t'attends !...

GEORGES.

Voilà, papa, voilà !... (Ils sortent par le fond.)

Scène XI

CLARA, CHARLOTTE.

CLARA, en toilette de ville.

Je vous donne vos huit jours pour vous apprendre à me trahir.

CHARLOTTE.

Madame écoute aux portes comme une femme de chambre.

CLARA.

Pas d'observations !...

CHARLOTTE.

C'est bien, madame...

CLARA, à part.

Au fait, je n'ai plus besoin de personne puisque je vais partir... (Haut.) Vous direz aussi à cet idiot d'Ernest que je renonce à ses services !

CHARLOTTE.

Oh ! madame... c'est inutile... Ernest ne serait pas resté.

CLARA.

Ah !

CHARLOTTE, insolemment.

Quand je m'en vais mes amoureux me suivent, madame, tout le monde ne peut pas en dire autant...

CLARA.

Je vois que vous ne vous ennuyez pas, ma petite... Si l'on me demande, vous direz que je suis sortie...

CHARLOTTE.

Oui, madame...

CLARA.

Et que je vais rentrer... qu'on m'attende !

CHARLOTTE.

Bien, madame...

(Clara sort par le fond.)

Scène XII

CHARLOTTE, puis JEAN, AGÉNOR, LA MÈRE BOUDU.

CHARLOTTE, seule.

Pimbêche ! va !... Tiens, voilà que je parle comme maman. (Elle va s'asseoir sur la chaise longue.) Est-ce parce qu'on me chasse aussi ? Ah! maman et mes frères ont raison, faut pas s'attacher aux bourgeois ou aux bourgeoises... C'est de la clique ! Et celle-ci qui doit encaisser... Qu'elle prenne garde à elle... S'il me prenait pourtant l'envie de raconter à Agénor...

AGÉNOR, entrant par le fond avec la mère et Jean.

Bonjour, petite sœur chérie !

CHARLOTTE, se levant brusquement.

Qu'est-ce que vous voulez ? (1)

JEAN.

Tu est polie, toi !

LA MÈRE, à ses fils.

Je vous l'avais dit...

AGÉNOR.

Mais nous venons te voir, doudouce. Nous sommes bons petits frères qui rendent visite à petite sœur adorée.

CHARLOTTE.

J'avais chargé maman...

AGÉNOR.

Nous n'avons pas voulu croire que tu refusais de nous recevoir.

CHARLOTTE.

Et pourquoi pas ?

AGÉNOR, doucereux.

Parce que nous ne sommes pas des gens à fuir... parce que notre affection a de la valeur, parce que...

JEAN, se levant, la mère le calme.

Parce que nous savons cogner...

CHARLOTTE.

Tu seras toujours un butor, toi !

---

(1) Charlotte, Agénor, la mère, Jean.

JEAN, prêt à s'élancer sur elle.

Je n'ai pas entendu... Répète...

LA MÈRE.

Elle te traite comme elle m'a traitée tout à l'heure.

AGÉNOR, arrêtant Jean d'un geste.

Calme-toi... Il est bon qu'elle s'explique... (A Charlotte.) Tu ne veux donc plus travailler avec nous?

CHARLOTTE.

Qu'est-ce qui a dit cela?

AGÉNOR.

Dame! puisque tu laisses en plan les affaires, puisque t'as peur que l'on te congédie dans les places...

CHARLOTTE, avec amertume.

Je n'ai pas peur d'être congédiée d'ici... Je le suis déjà...

LA MÈRE.

Eh bien, alors!

CHARLOTTE.

Est-une raison pour que je vous laisse rester dans ce salon quand madame va rentrer?... Elle est assez méfiante comme ça... et il ne faut quelle se méfie...

JEAN.

Que nous importe!

AGÉNOR, faisant des signes à Jean.

Laisse la parler... Pourquoi donc faut pas qu'elle se méfie, ta maîtresse?... Est-ce qu'elle a beaucoup de jaunets dans sa tire-lire?

CHARLOTTE.

Madame est devenue si riche qu'elle va changer son train de vie... C'est sans doute pour ça qu'elle m'a remerciée... Mais elle pourrait bien la payer...

AGÉNOR.

Oh! oui, oui... Nous te vengerons, si tu le veux... Ficher à la porte notre sœur...

LA MÈRE.

Elle m'y a bien fichue, moi!

AGÉNOR, à Charlotte.

Te traiter comme une rien du tout...

CHARLOTTE.

Ne fais pas le bon apôtre... Ça t'est bien égal !... Mais moi j'ai été humiliée quand même. Devine un peu combien qu'elle va encaisser aujourd'hui ma patronne ?

JEAN.

Combien ?

CHARLOTTE.

Madame va toucher cent vingt-cinq mille francs.

AGÉNOR.

Tu blagues ?

CHARLOTTE, levant la main.

Sur la tête de mon père !

JEAN.

Cent vingt-cinq mille francs !

AGÉNOR.

Une fortune !

LA MÈRE.

C'est pas à d'honnêtes gens comme nous que ça tomberait ..

AGÉNOR (1).

Cet hôtel est superbe... Je voudrais bien le visiter... en détail...

JEAN.

Pour savoir où l'on entre la nuit ..

AGÉNOR.

Et par où l'on sort... quand le coup est fait...

CHARLOTTE, se levant.

Vous allez me faire le plaisir de vous sauver.

AGÉNOR.

Volontiers... mais à une condition...

CHARLOTTE.

Laquelle ?

AGÉNOR.

C'est que tu viendras ce soir chez la Brénard... C'est précisément dans le pavillon en face...

CHARLOTTE.

Ah ! je sais...

AGÉNOR.

Son maître couche à son usine, et on peut se voir facilement.

(1) Agénor, Charlotte, la Mère, Jean.

CHARLOTTE.

Soit...

JEAN.

Ne manque pas, où nous ne te manquerons pas !

AGÉNOR.

Si tu peux avoir la clé, ne te gêne pas...

CHARLOTTE.

C'est dit... (On sonne.) On sonne... Sauvez-vous... Tenez, passez par là !... (Elle montre la porte de gauche.)

AGÉNOR.

A ce soir... (Jean emporte les cigarettes placées sur le guéridon.)

CHARLOTTE.

Oui... (Elle sort par le fond pour aller ouvrir.)

AGÉNOR.

En avant les bandits de Paris !... Je crois que nous tenons la grosse affaire ! (Ils sortent par la gauche. Philippe entre par le fond.)

Scène XIII

CHARLOTTE, PHILIPPE, avec une grande enveloppe.

CHARLOTTE.

Madame est sortie, mais si monsieur veut l'attendre !...

PHILIPPE.

Je viens de la part de M. Hélouin.

CHARLOTTE.

Ah ! Ah ! Je sais... Pas possible que dans cette enveloppe il y ait tout l'argent qu'on a promis à madame... (Clara apparaît au fond.)

Scène XIV

PHILIPPE, CHARLOTTE, CLARA.

CLARA.

On n'est pas venu me demander, Charlotte ? Elle voit Philippe.) Ah ! pardon, monsieur.

PHILIPPE.

C'est M. Hélouin..

CLARA.

Soyez le bienvenu... (Elle fait un signe à Charlotte, qui sort.)

PHILIPPE.

Cette enveloppe renferme des titres au porteur dont voici le détail... (Il lui donne un papier.)

CLARA, assise près de la table, lisant.

Rente française, chemins de fer... Ville de Paris, Suez... Bonnes valeurs! Je craignais qu'on ne m'envoyât du Panama. C'est bien cela... Vous remercierez M. Hélouin. (Regardant Philippe.) Pardon... mais je vous reconnais... Vous êtes mon voisin... Vous demeurez dans un des pavillons du voisinage!...

PHILIPPE.

En effet...

CLARA.

Si je ne partais pas pour un voyage, je vous prierais de venir me voir... d'être de mes amis... (Philippe s'incline.) Nous nous reverrons, monsieur...

PHILIPPE.

Je ne crois pas, madame...

CLARA.

Bon!... (Elle sonne. Charlotte apparaît au fond.) Reconduisez monsieur, Charlotte. (Seule.) C'est égal... Celui-là est un homme... et je m'y entends... (Elle va s'asseoir de nouveau près du guéridon.) Cent vingt-cinq mille francs... Je ne vais pas dormir cette nuit!

FIN DU TROISIÈME TABLEAU. — RIDEAU.

ACTE TROISIÈME

Quatrième Tableau

LA MORT DE CLARA

Chez Philippe. Une salle à manger modeste ; grande fenêtre au fond. A gauche, une armoire. Meubles simples. Par la grande fenêtre dont les rideaux sont poussés au lever du rideau, on doit pouvoir, quand ce sera nécessaire, voir le pavillon habité par Clara et l'intérieur de sa chambre. La chambre de Clara est séparée par une cour du pavillon de Philippe.

Scène Première

LA BRÉNARD, PHILIPPE (Philippe est assis devant une table ; il dîne. La Brénard le sert. Une lampe posée sur la table éclaire la salle à manger. Deux chandeliers sur la cheminée.)

LA BRÉNARD.

Monsieur ne mange pas ?

PHILIPPE.

Je n'ai pas faim, ce soir.

LA BRÉNARD.

Monsieur essaiera cependant...

PHILIPPE, repoussant son assiette.

Non, c'est impossible !

LA BRÉNARD.

C'est donc aujourd'hui comme hier et comme avant-hier...

PHILIPPE.

Ah ! vous avez remarqué...

LA BRÉNARD.

Dame !... on n'est pas aveugle... Monsieur a des soucis.

PHILIPPE.

Peut-être...

LA BRÉNARD.

S'il continue à s'affecter, il tombera malade, bien sûr...

PHILIPPE, avec impatience.

Eh ! que m'importe !

LA BRÉNARD.

Monsieur me pardonnera de m'occuper de ce qui ne me regarde pas. Il n'y a que trois mois que je suis à son service, mais je lui suis attachée comme si j'y étais depuis dix ans.

PHILIPPE.

Merci, ma bonne Brénard... Vous ne pouvez vous rendre compte...

LA BRÉNARD.

Qui sait?... Il est vrai que vous ne m'avez rien dit... mais il y a des choses que l'on comprend bien tout de même...

PHILIPPE.

Et qu'est-ce que vous comprenez?

LA BRÉNARD, enlevant les assiettes.

Je sais qu'il y a à Croissy quelqu'un que vous voulez ne plus voir et que, cependant, vous regrettez de ne pas voir, une personne que vous voulez ne plus aimer et que vous aimez toujours. Cette personne, c'est...

PHILIPPE.

Ne la nommez pas. Ah!... je suis donc bien peu maître de moi pour que mon secret puisse ainsi être connu...

LA BRÉNARD, souriant (1).

Ces secrets-là, monsieur, ne sont trahis que par ceux auxquels ils appartiennent. Mais, si vous aimez mademoiselle Madeleine, pourquoi ne l'épousez-vous pas ?

PHILIPPE, se levant.

Parce que cela ne se peut, madame Brénard ; ce n'est encore qu'une enfant.

LA BRÉNARD.

Ce sont des enfants comme celle-là que l'on marie.

---

(1) Philippe, la Brénard.

PHILIPPE.

Je ne lui demanderai jamais son affection à cette chère créature... Ce n'est pas à moi de fixer le prix de sa reconnaissance... Si j'agissais ainsi, je perdrais l'estime de moi-même...

LA BRÉNARD.

Si c'était elle qui vous offrait la récompense!...

PHILIPPE.

Que dites-vous ?

LA BRÉNARD.

Mon pauvre maître, je crois que vous souffrez parce que vous le voulez bien... Mais je suis rassurée... (Elle sort par la droite.)

Scène II (Un silence.)

PHILIPPE, se laissant tomber sur un siège.

... Puis, je ne suis qu'un ouvrier. Et Madeleine est délicate comme une demoiselle... C'est un monsieur qu'il lui faudrait... Un monsieur ! (Il se lève.) Mais cet homme, quel qu'il soit, l'aimera-t-il plus que moi? Je sens que cela ne se peut... En tout cas, cet amour ne naîtrait pas de la même manière... Avant d'être impétueux et tourmenté comme il l'est aujourd'hui, j'y trouvais, tandis qu'il s'ignorait, comme une satisfaction ineffable. J'étais heureux de la protéger, heureux d'être son père... Son père!... (Il s'asseoit de nouveau.) Oui, j'étais son père, et je dois le rester. Il n'est pas défendu toutefois à un père de dire que sa fille est belle, charmante... Ah ! je vois sans cesse son image radieuse... Madeleine !...

Scène III

MADELEINE, PHILIPPE.

MADELEINE, entrant.

Philippe !...

PHILIPPE, se levant.

Ah !...

MADELEINE, se jetant dans ses bras.

Philippe !...

PHILIPPE.

Toi !... Toi !... (Il la fait asseoir et reste auprès d'elle.)

MADELEINE.

Puisque vous ne venez plus me voir, c'est moi qui viens...

PHILIPPE.

Merci... Merci...

MADELEINE.

Et puisque vous ne voulez pas me dire que vous m'aimez, c'est moi qui vous dis que je vous aime...

PHILIPPE.

Est-ce possible ?... Mais, sais-tu, Madeleine, le genre d'affection que j'ai pour toi ?...

MADELEINE.

Je vais vous exprimer, moi, ce que je ressens pour vous si je le puis, si j'en suis capable... Ah ! c'est un sentiment bien doux, mais qui m'a fait souffrir. Quand j'ai vu que vous cessiez de venir à Croissy, j'ai cru un moment que je vous étais indifférente...

PHILIPPE.

Indifférente, toi !...

MADELEINE.

J'étais coupable d'avoir cette pensée, car rien ne m'autorisait à croire que vous aviez changé ainsi à l'égard de celle pour qui vous aviez consenti à être tout... Oui, vous êtes tout pour moi, car c'est vous que j'ai vu le premier quand mes regards se sont ouverts à la lumière... Encore meurtrie par les douleurs passées, je comprenais que vous étiez le sauveur. Jusqu'ici, je n'avais connu que la crainte des mauvais traitements ; je découvrais la bonté, la générosité, la bienfaisance personnifiées par vous, Philippe... Et mon âme s'éveillait en se liant étroitement à la vôtre.

PHILIPPE.

Tu éprouvais une reconnaissance... exagérée peut-être.

MADELEINE.

Non, Philippe, ce n'était pas seulement de la reconnaissance... M. Boilansac et Mlle Lucie ont eu des bontés pour moi et je sais bien ce qu'est la gratitude qu'ils m'inspirent. (Elle se lève.) Il est possible que je vous aie d'abord aimé comme aime une enfant, mais j'étais restée si longtemps enfant que je pouvais devenir vite femme...

PHILIPPE.

Tu es maintenant une ravissante jeune fille, Madeleine... Il faut que celui qui deviendra ton époux soit digne de toi.

MADELEINE.

Et en est-il de plus digne que vous, mon bienfaiteur? Non, il n'en est pas... Je le sais, je le sens... Vous régnez complètement sur moi. Je vous appartiens.

PHILIPPE.

Crois-tu, Madeleine, que ce que tu ressens aujourd'hui, tu le ressentiras toujours?

MADELEINE.

J'en suis sûre... S'il me fallait renoncer à mon amour, je mourrais...

PHILIPPE.

Tu vivras, Madeleine, tu vivras avec moi... tu seras ma femme... Madeleine...

MADELEINE.

Philippe !...

PHILIPPE.

Mais dis-moi... Comment se fait-il qu'après avoir cru que c'était par indifférence que je n'allais plus à Croissy, tu aies découvert la vérité ?...

MADELEINE.

Oh ! j'ai été aidée...

PHILIPPE.

Ah !

MADELEINE.

Mlle Lucie... Elle est si gentille... Je suis devenue sa confidente et elle est devenue la mienne... Mlle Lucie est très perspicace.

PHILIPPE.

Voyez-vous ça ?

MADELEINE.

Si elle s'était trompée, si ce n'avait pas été par suite d'un excès de délicatesse que vous vous fussiez éloigné, j'eusse été bien malheureuse !

PHILIPPE.

Quel bonheur pour moi de t'entendre parler ainsi, comme tes paroles me pénètrent l'âme !... (Il s'assied à gauche.) (1)

---

(1) Philippe, Madeleine.

MADELEINE.

Vous êtes trop bon d'avoir abaissé vos regards sur moi... Votre amour est un bienfait de plus !

PHILIPPE, se levant. (1)

Je le répète, c'est moi qui suis indigne de toi... Je suis pauvre et, pour la première fois, je le regrette... Je n'ai à t'offrir qu'une position modeste qui me suffisait bien, qui ne me suffit plus aujourd'hui. Mes patrons, M. Boilansac et M. Hélouin, sont de braves gens, mais, malgré leurs largesses, je ne pourrai jamais te donner tout le luxe dont je voudrais t'entourer... Oui, je voudrais que tu eusses un hôtel, des voitures, de riches toilettes... Quand je pense que, tout à l'heure, j'avais entre les mains cent vingt mille francs qu'on donnait à une femme comme cadeau (2). A l'usine, cent ouvriers travaillent un an pour gagner cela... Ah ! si j'avais une semblable fortune à t'offrir !...

MADELEINE.

Si vous étiez si riche, je serais humiliée... Moi qui ne vous apporte rien !

PHILIPPE.

Tu dis que tu ne m'apportes rien, Madeleine ? Tu m'apportes le bien le plus rare, le plus précieux, celui qui met l'homme au-dessus de tous et de tout, quelle que soit sa condition... Tu m'apportes le bonheur !

MADELEINE.

Cher Philippe !...

PHILIPPE.

Chère fiancée !... (Il l'embrasse.) Mais, Madeleine, comment as-tu quitté Croissy ?

MADELEINE.

Mlle Lucie était obligée de faire un voyage à Paris... et elle m'a emmenée avec elle... Elle doit venir me prendre ici avec M. Boilansac.

PHILIPPE.

M. Boilansac !...

MADELEINE.

Elle lui a sans doute tout dit à cette heure ! (Boilansac suivi de Lucie entre par la porte à gauche.)

---

(1) Madeleine, Philippe.

(2) Philippe, Madeleine.

Scène IV

MADELEINE, LUCIE, BOILANSAC, PHILIPPE.

BOILANSAC.

Eh bien ! Philippe, à quand la noce ?

PHILIPPE.

Le plus tôt possible !...

LUCIE, à Madeleine.

Tu vois que j'avais raison.

MADELEINE.

Oh ! oui, oui !...

LUCIE, avec un soupir.

Il t'aime... tu es heureuse, toi, Madeleine. (Madeleine et Lucie remontent en causant.)

BOILANSAC, à Philippe.

Vous viendrez demain à Croissy... Nous causerons de votre situation nouvelle... Il y aura mon notaire. Nous lui demanderons quels papiers sont nécessaires pour Madeleine... Et vous-même ?...

PHILIPPE.

Je n'ai jamais su exactement le nom de mes parents et, lorsque j'ai tiré au sort, j'ai dû faire reconstituer un état-civil.

BOILANSAC.

Il faudra s'occuper de tout cela... Nous allons rentrer par Chatou.

PHILIPPE.

Voulez-vous me permettre de vous accompagner jusqu'à la gare, M. Boilansac ?

BOILANSAC.

Très volontiers, puisque vous devez vous rendre ensuite à l'usine. Donnez le bras à Madeleine. (Ils sortent par la gauche.)

Scène V

LA BRÉNARD, puis AGÉNOR, puis LA MÈRE, et JEAN.

LA BRÉNARD, qui est entrée au moment du départ des précédents.

C'est pas trop tôt ! Agénor fait le pied de grue depuis une demi-heure ! Les a-t-il vus sortir au moins ?

AGÉNOR, entrant par la porte de droite.

Bonsoir, ma tourterelle. (Il embrasse la Brénard.)

LA BRÉNARD. (1)

Bonsoir, mon Agénor.

AGÉNOR.

Il était donc vissé ici, ton maître, ce soir ?

LA BRÉNARD.

Il avait son amoureuse.

AGÉNOR.

Oh ! la ! la !

LA BRÉNARD.

Et Jean ?

AGÉNOR.

Il va venir avec la Mère...

LA BRÉNARD.

A quoi peut-elle servir la vieille ?

AGÉNOR.

A pas grand'chose, mais elle est quelquefois femme de bon conseil. Ce sera un jour ta belle-mère, Joséphine.

LA BRÉNARD.

Merci... C'est pas pour elle que je me marierai avec toi...

LA MÈRE, entrant par la gauche.

Bonsoir, ma fille. Bonsoir, Loulou ! (Elle embrasse Agénor.)

JEAN.

Toujours des préférences !... (2)

LA MÈRE.

Qu'est-ce que tu veux ?... Il est si chétif... et si malingre...

AGÉNOR.

Voyons, nous n'avons pas de temps à perdre, car Charlotte peut d'un moment à l'autre... C'est entendu avec elle... Ah ! j'ai eu du mal à la décider, et si madame Clara ne l'avait pas mise à la porte... Puis je lui ai promis la moitié du bénef...

JEAN.

Mazette !

---

(1) Agénor, La Brénard.

(2) Jean, Agénor, La Mère, La Brénard.

AGÉNOR.

Cela ne coûte rien de promettre. (Il va vers la fenêtre et entr'ouvre les rideaux.) Nous sommes en face même de la fenêtre de la chambre de madame Clara... Elle est encore éclairée... Charlotte doit pousser seulement cette fenêtre et ne pas fermer les volets pour que nous puissions entrer à notre aise... Nous n'aurons qu'à grimper, et comme il y a une échelle en bas, ce sera facile...

LA BRÉNARD.

C'est quand la lampe sera éteinte que vous pourrez y aller...

AGÉNOR.

Faudra bien laisser aussi à la cocotte le temps de s'endormir... D'ailleurs, nous devrons attendre le signal de Charlotte et ce signal, ce sera de la lumière à la fenêtre du haut qui est celle de la chambre de notre sœur... La soubrette va se coucher quand la dame dort... c'est naturel. (Il referme les rideaux.) Surveille tout ça, la Brénard, et préviens-moi.

LA BRÉNARD, allant vers le vitrage.

Sois tranquille, mon Agénor.

LA MÈRE, s'asseyant à droite. (1)

La dame à Charlotte est une cocotte... Très bien, mes enfants, nous vengerons la morale... Et puis Mme Clara est pingre... Elle n'a jamais voulu m'acheter... Alors vous la tuerez c'te femme ?

LA BRÉNARD.

On pourrait la baillonner tout simplement.

AGÉNOR.

Nous verrons... Cela sera selon les circonstances... et l'inspiration du moment.

JEAN.

Faut pas la manquer, je crois...

LA MÈRE.

Les morts seuls ne parlent pas.

AGÉNOR.

Dans tous les cas, il y a une précaution à prendre. (A la Brénard.) Charlotte m'a dit que c'était ton maître qui avait apporté l'argent.

---

(1) Jean, Agénor, La Brénard, La Mère.

LA BRÉNARD.

C'est possible...

AGÉNOR.

Il sait alors que Mme Clara a chez elle cent vingt-cinq mille francs.

LA BRÉNARD.

Dame !...

AGÉNOR.

Le ciel est avec nous.

LA MÈRE, se levant.

Ça ne m'étonne pas.

LA BRÉNARD.

Quoiqu'il y a ?...

AGÉNOR.

Avant de venir ici, nous nous étions préparés un alibi.

JEAN.

Oui.

AGÉNOR.

L'alibi, c'était insuffisant.

JEAN.

Possible !

AGÉNOR.

C'est le vieux jeu... Aujourd'hui on est malin au Palais de Justice et aussi en face à la Préfecture de Police... Quand il y a un crime, faut un coupable pour les journaux...

JEAN.

Oh ! *les journalisses*, quelle engeance !...

LA MÈRE.

Eh bien, donnons leur z-y en un coupable !

LA BRÉNARD.

Une lettre anonyme !

AGÉNOR.

Vous êtes donc des idiots !... Vous ne m'avez donc pas deviné !...

LA MÈRE.

Pas du tout... Mais vas-y, mon Agénor !

AGÉNOR.

Dès l'instant que la police a son homme, elle n'a plus envie de chercher... et si elle n'a plus envie de chercher, elle ne cherche plus.

JEAN.

Assez de phrases !...

LA MÈRE.

Laisse-le donc parler.

JEAN.

Si je tue la Clara, si je prends son argent et si je m'en vais sans laisser ma carte, qui me verra?... qui parlera?

AGÉNOR.

Ne fais pas le rodomont!... Quand on est devant le juge d'instruction, ou quand les policiers vous passent à tabac, on n'est pas si fier! Pour éviter tout désagrément, j'ai une idée.

LA MÈRE.

Voyons, chouchou...

AGÉNOR, à la Brénard.

Est-ce que ton maître à l'usine couche à côté d'autres ouvriers?

LA BRÉNARD.

Non, il a sa chambre à lui où il doit être en cas de casse... Il entre par la petite porte, se couche et on ne l'éveille que s'il se produit un accident, ce qui est rare...

AGÉNOR.

C'est divin! Eh bien, c'est pas la peine d'épargner Clara, puisque c'est Philippe qui commettra le crime!...

LA BRÉNARD.

Que dis-tu?

AGÉNOR, brutalement.

Pas de sensibleries, hein!... Songeons avant tout à notre peau.

LA MÈRE.

N'en v'la une idée chouette!...

JEAN.

Faut des preuves pour qu'on accuse Philippe...

AGÉNOR.

Je m'en charge... Toi, la Brénard, donne à Jean un vêtement de ton maître... y compris les souliers... C'est très important!...

LA BRÉNARD.

Mais...

AGÉNOR.

Dépêche-toi!...

LA BRÉNARD.

Mon maître est si bon pour moi.

AGÉNOR.

En v'là des manières... en v'là!... En attendant, l'heure passe... Et Charlotte peut donner le signal... (A Jean.) Va t'habiller!... (Il fait passer devant lui Jean qui sort avec la Brénard.)

Scène VI

LA MÈRE, AGÉNOR.

LA MÈRE.

Il pense à tout, mon Agénor!...

AGÉNOR.

Il pense surtout à sa tête!...

LA MÈRE.

Cent vingt-cinq mille francs... c'est joli... Tu sais que tu m'as parlé d'un petit magasin...

AGÉNOR.

T'as déjà tant réussi dans le commerce!...

LA MÈRE.

C'est que les capitaux me manquaient.

AGENOR, s'approchant de la fenêtre.

Ils ne manquaient pas seulement à toi... (Il écarte légèrement le rideau.) Bon! il n'y a plus de lumière chez madame Clara, mais il y en a encore chez Charlotte... Pourvu que Charlotte ne nous fasse pas faux bond!

LA MÈRE.

C'est ma fille... Elle n'en est pas capable!

AGÉNOR.

Pourvu qu'elle vienne ouvrir!... Je lui ai promis la moitié, j'eusse dû lui promettre plus...

LA MÈRE.

Parfait!... Nous n'aurions plus travaillé que pour elle...

AGÉNOR.

Avec les femmes, il faut s'attendre à tout...

LA MÈRE.

Tu as raison.

AGÉNOR, impatienté.

Trève de bavardages!... Ah! cette Charlotte!... cette Charlotte!... (La lumière apparaît.) Enfin!... (La Brénard rentre par la porte de droite.)

Scène VII

LA MÈRE, AGÉNOR, JEAN, LA BRÉNARD.

LA BRÉNARD.

Jean est prêt!... (Jean entre par la porte de droite.) (1)

AGÉNOR, l'examinant.

Voyons... Très bien!...

JEAN.

Maintenant, dépêchons-nous...

AGÉNOR.

La chose faite, nous reviendrons ici.

LA BRÉNARD.

Pourquoi faire?

AGÉNOR.

Pour laisser les pièces à conviction : le couteau, les vêtements tachés de sang, et, si ton monsieur s'en tire après ça, je lui paie des guignes...

LA MÈRE.

Tiens, veux-tu que je te le dise? T'as du génie! T'as du génie!

JEAN.

Possible, mais nous verrons qui saura frapper...

AGÉNOR.

Tu es le bras qui exécute... moi, je suis la pensée qui te sauvera de M. de Paris... Un mouchoir!

LA MÈRE, donnant le sien.

Tiens!

AGÉNOR, à la Brenard.

Un mouchoir de ton maître!...

LA BRÉNARD.

Voici! (La Brénard sort par la porte à droite et rentre presque aussitôt. Elle remet le mouchoir à Agénor.) (2)

---

(1) La mère, Agénor, Jean, la Brénard.

(2) La mère, Agénor, la Brénard, Jean.

AGÉNOR.

Il est marqué P.V. Bien ! C'est pour laisser sur le lieu du crime.

JEAN.

Allons !... Viens, Agénor...

LA MÈRE (1).

Attendez... Vous allez courir un grand danger, j'vas vous donner un talisman.

JEAN.

Quelque médaille, quelque blague...

LA MÈRE.

Mieux que cela... (Elle relève sa robe et l'on voit sur son jupon une corde enroulée.)

JEAN.

Qu'est-ce donc ?

LA MÈRE.

Elle va me quitter pour la première fois depuis quinze ans...

AGÉNOR.

Quelle est cette ficelle, la mère ?

LA MÈRE.

La seule chose dont j'ai hérité de ce pauvre Bondu... la corde qui avait servi à pendre votre grand'père... Il la gardait précieusement. (Solennellement.) Prenez-la, elle vous portera bonheur... Il l'avait oubliée, lui, lorsqu'il est allé chez Savigny...

AGÉNOR, prenant la corde.

De la corde de pendu ! Tout va nous réussir...

JEAN.

Au revoir, la vieille !...

LA MÈRE.

Bonne chance, les enfants ! (Jean et Agénor sortent par la gauche.)

---

(1) Agénor, la mère, Jean, la Brénard.

Scène VIII

LA MÈRE, LA BRÉNARD.

LA MÈRE, s'asseyant près de la table, à droite.

Oh ! Je suis émue comme il n'est pas possible ! (Elle tire une tabatière dite queue de rat et offre du tabac à la Brénard.) Une prise, la Brénard !

LA BRÉNARD, s'asseyant de l'autre côté de la table.

Volontiers !

LA MÈRE.

On a beau avoir du courage... on a toujours peur de quelque anicroche.

LA BRÉNARD.

Vous craignez qu'il n'arrive malheur à vos fils ?...

LA MÈRE.

Ou bien que la Clara n'ait mis son argent en lieu sûr, elle vaut assez peu pour ça... Mais non, elle ne doit pas avoir eu le temps... Si cette affaire réussit, nous pourrons vivre gentiment tous les cinq... Les bandits de Paris auront une belle mise de fonds !... Vous vous marierez, Agénor et toi... Je veux voir mes petits enfants tout bouclés s'amuser devant moi... (S'interrompant.) Pourvu que la Clara ne résiste pas trop !...

LA BRÉNARD.

Dame !... mettez-vous à sa place !

LA MÈRE, se levant.

Oh ! non, je ne voudrais pas y être maintenant.

LA BRÉNARD, allant pour ouvrir le côté gauche du rideau du fond.

Ah ! j'y tiens plus, je veux voir.

LA MÈRE.

Attends, faut de la prudence. (Elle baisse la lampe et va du côté droit. Les deux femmes ouvrent, chacune de son côté, les rideaux, de façon à ce que le vitrage soit bien dégagé. La fenêtre de la chambre de Clara est fermée. L'obscurité règne d'abord. Cependant, une clarté ne tarde pas à apparaître au dehors. On voit le haut d'une échelle s'appuyer contre la fenêtre. Agénor, une lanterne sourde à la main, grimpe et pousse la fenêtre qu'il enjambe à moitié. Il se retourne et fait signe à Jean qui se montre aussitôt sur l'échelle ; Jean enjambe également l'appui de la fenêtre. Tous les deux entrent dans la chambre suffisamment éclairée pour que les spectateurs la voient en entier. Cette chambre est très élégante. En face la fenêtre, dans le fond, se trouve le lit sur lequel repose Clara. Un secrétaire est à droite du lit. D'autres meubles si la place le permet. Rideaux de mousseline à la fenêtre. La mère et la Brénard ont suivi avec avidité les mouvements de leurs complices. Au moment où Agénor est entré dans la chambre

LA BONDU dit :

V'là Agénor qui turbine ! (Jean se place, le couteau levé, au pied du lit de Clara. Agénor se dirige vers le secrétaire.) Y va au secrétaire... y perd jamais le nord, c't'amour !

LA BRÉNARD, d'une voix étouffée.

Jean ne frappera madame Clara que si c'est utile.

LA MÈRE.

Oui... la cocotte roupille... Fais dodo, la p'tite... J'te conseille de ne pas t'éveiller. (En fouillant un des tiroirs du secrétaire, Agénor fait un peu de bruit, ce qui réveille Clara. Elle se soulève, effrayée.) Hein ! Ah ! l'imbécile ! (Jean saisit Clara par le cou et la frappe de son couteau. — Horrible cri dans le silence de la nuit.) Pourquoi qu'ils l'ont laissé crier ?...

LA BRÉNARD.

Pauvre Clara, elle a son compte !

LA MÈRE, à la Brénard.

Ferme les rideaux, Joséphine, j'peux pas voir ça... (La Brénard ferme les deux côtés du rideau. La mère, qui était tombée, très émue, sur la chaise à droite du vitrage, se relève et dit, presque gaiement :) Le coup est fait... J'ai le cœur plus léger. Encore une prise, la Brénard, pour achever de nous remettre (1).

LA BRÉNARD.

Qui donc monte l'escalier ?

LA MÈRE.

C'est eux... ils sont expéditifs. . et si ce n'est pas eux, qui est-ce ?

LA BRÉNARD.

J'ai peur !

LA MÈRE.

Poltronne, nous ne risquons rien, nous autres... nous n'avons rien fait... (Jean et Agénor entrent par la porte à gauche, la tête basse, l'air navré.)

Scène IX

AGÉNOR, LA BRÉNARD, JEAN, LA MÈRE.

LA MÈRE.

Eh bien, ça a t'y réussi ?

---

(1) La mère, la Brénard.

AGÉNOR.

C'est dégoûtant !...

LA MÈRE.

Avez-vous le magot ?

JEAN, de mauvaise humeur, jette sur la table quelques bijoux.

Le magot !... Il n'y est plus, le magot ! Il est parti...

LA MÈRE.

Jésus !

LA BRÉNARD.

On dit ça ! Puis, on carotte ses associés.

AGÉNOR.

Non, ma bonne chérie...

LA MÈRE, désignant les bijoux.

C'est tout ce que vous avez trouvé ?

AGÉNOR.

Oui ! quelques bijoux... Ah ! ce satané cri, il m'a empêché de continuer mes recherches ; on venait...

LA MÈRE.

Dérangez-vous pour si peu. Au lieu de se reposer tranquillement dans son lit, on sort au milieu de la nuit, au risque d'attraper un bon rhume, et pourquoi ? Pour quelques diamants !

AGÉNOR.

Qu'on sera bien embarrassé de revendre... même avec une marchande dans la famille !...

LA MÈRE, mettant des bijoux dans sa poche.

Méfiez-vous... Les bijoux ont déjà perdu votre père.

AGÉNOR.

Tâchons de ne pas finir comme lui (à Jean.) Voyons, dépêchons-nous.

LA BRÉNARD.

On ne vous a pas suivis, au moins ?

AGÉNOR.

Non (à Jean.) Toi, commence par aller quitter les vêtements de Philippe tachés de sang, puis, tu iras les mettre là-haut, au grenier, avec ce couteau. Quant aux diamants, il faut en cacher quelques-uns ici, les cacher, sans les cacher...

LA MÈRE, reprenant des bijoux.

C'est peut-être du gaspillage. Y a-t-y pas assez de preuves comme ça ?

AGÉNOR.

Il le faut, je te dis. Nous sommes volés, que cela nous suffise. Il s'agit de ne pas être inquiétés, maintenant (1).

JEAN, à la Brénard.

Si ton patron s'en tire, il aura de la veine. (Il sort par la droite.)

LA BRÉNARD.

Pauvre M. Philippe !

Scène X

LA BRÉNARD, AGÉNOR, LA MÈRE.

AGÉNOR.

Je suis sûr, par exemple, que les valeurs n'étaient pas dans le secrétaire.

LA MÈRE.

C'est-y dommage ! C'est-y dommage !... Ousqu'elle les avait mises, cette faiseuse d'embarras ?...

AGÉNOR.

Charlotte nous a dit qu'il était venu un monsieur dans la soirée.

LA MÈRE.

Avec une casquette ?

AGÉNOR.

Pour des sommes comme ça, ils ne portent pas de casquettes. Ce doit être ce farceur-là qui a fait rater le coup... Ah ! si je le tenais... Quels yeux qu'elle a faits, la Clara, quand elle s'est éveillée et qu'elle nous a vus !... Moi, je l'aurais étranglée net, Jean ne l'a pas poignardée assez vite...

LA MÈRE.

Elle est morte, au moins?

AGÉNOR.

Oh ! Je m'y connais... sois tranquille... Mais ce n'est pas tout ça, nous serons plus heureux une autre fois, voilà... (Il passe à gauche (2) et se trouve en face de l'armoire.) Une armoire !...

---

(1) La Brénard, Agénor, Jean, la mère.

(2) Agénor, la Brénard, la Mère.

LA BRÉNARD.

J'y ai déjà regardé !

AGÉNOR, soupçonneux.

Y a pas d'argent ?

LA BRÉNARD.

Voici la clef. (Elle donne la clef, Agénor ouvre et la mère s'approche aussi de l'armoire.)

AGÉNOR.

Qu'est-ce que c'est que ça ? (Il sort une veste et un pantalon d'enfant, véritables haillons. La mère les prend.)

LA MÈRE.

En v'là des vêtements pour aller dans le monde !

LA BRÉNARD.

Il paraît que ça, c'est tout ce que M. Philippe connaît de sa naissance.

LA MÈRE.

C'est donc un enfant trouvé ?

LA BRÉNARD.

Quelque chose comme ça.

LA MÈRE.

C'est-y possible qu'il y ait des parents assez barbares pour abandonner leurs enfants ! (1).

LA BRÉNARD.

M. Philippe en avait cependant des parents, même qu'il n'était pas à la noce chez eux... Il en a vu de dures. On le battait, on le faisait mendier. Le père était un ivrogne qui disait à sa femme : — Frappe-le donc plus fort pour y apprendre à rapporter que quinze sous... Alors, un beau jour il en a eu assez, et sauve qui peut... Il n'a plus revu ses parents... N'a-t-il pas bien fait ?

LA MÈRE, qui a écouté attentivement.

Eh bien, celle-là est cocasse !... Ce Philippe... (Jean rentre par la droite et va vers la mère.)

Scène XI

AGÉNOR, LA MÈRE, JEAN, LA BRÉNARD.

JEAN.

Qu'est-ce qu'il y a encore ?

---

(1) Agénor, La Mère, La Brénard.

LA MÈRE, paraissant sur le point de défaillir.

Ah ! mes enfants ! Ce Philippe... (Ses fils la soutiennent, elle se lève.) On a bien raison de dire que Dieu punit les enfants qui sont ingrats envers leurs parents.

JEAN.

Parle donc, voyons, la vieille !...

LA MÈRE.

Ce Philippe est votre frère aîné qui nous a lâchés à Lyon.

LA BRÉNARD.

A Lyon, d'après ce qu'il a dit, c'est précisément ça !

AGÉNOR.

Tu ne nous as pas souvent parlé de ce frère.

LA MÈRE.

Il est des souvenirs qui ne sont pas agréables.

AGÉNOR.

Ce n'est pas une raison.

LA MÈRE, baissant les yeux.

Et puis je ne voulais pas rougir devant vous !

JEAN.

Rougir de quoi ?

LA MÈRE.

D'une faute !

JEAN.

T'as trompé ton mari ?

AGÉNOR.

C'est pas possible ! Toi une si honnête femme !

LA MÈRE.

J'ai pas trompé mon Anatole, je le jure sur ses mânes ! J'ai eu un enfant avant le conjungo, v'là tout ! J'avais cru que le séducteur m'épouserait. Il m'a jeté quelque argent.

AGÉNOR.

Le misérable !

LA MÈRE.

Je l'ai ramassé... Ça m'a fait une petite dot qui a souri à votre père... J'y ai dit la vérité et il m'a répondu noblement : — C'est comme si vous étiez veuve, Emma. On peut épouser une veuve qui a un enfant !... Votre père m'a pardonné, serez-vous plus sévères ?

JEAN.

Non!... Nous te pardonnons (solennellement), mais ne recommence plus.

LA BRÉNARD.

Alors, c'est votre fils qui va être jugé et condamné pour l'assassinat de Clara?

AGÉNOR.

C'est pas un frère, c'est un demi-frère... Tout de même ça ne sortira pas de la famille!

JEAN.

Et le père de ce Philippe?

LA MÈRE.

Il s'appelait Hélouin.

AGÉNOR, LA BRÉNARD.

Hélouin?

LA MÈRE.

Qu'est-ce qu'il y a d'étonnant? C'était pas le grand *Saint Hélouin!*

AGÉNOR.

Non, mais M. Fernand Hélouin...

LA MÈRE.

Hein!... Ça y est!

AGÉNOR.

C'est un des patrons de Philippe et il a des millions et des millions...

LA MÈRE.

Vrai de vrai?

AGÉNOR.

Tout ce qu'il y a de plus vrai.

LA MÈRE, avec coquetterie.

S'il savait son ancienne dans c't'état, il lui refuserait pas de l'argent peut-être. Puis j'suis pas trop dégradée.

LA BRÉNARD.

Il est généreux avec des gens qui ne lui sont rien.

AGÉNOR.

Et s'il voyait son enfant dans la misère...

LA BRÉNARD.

Ça le gênerait pour sûr!...

AGÉNOR.

Son enfant suppliant d'abord et, si ça ne réussissait pas, levant la tête pour essayer autre chose.

LA MÈRE.

Oui, mais cet enfant-là il sera en prison demain et on lui mettra la tête si bas, si bas, qu'il pourra plus la remettre sur ses épaules.

AGÉNOR, haussant les épaules.

Il s'agit bien de celui-là. Vous ne le connaissez pas, il ne vous connaît pas. Remplaçons-le.

LA MÈRE.

Hé ! hé !

JEAN.

Ce sera moi, si l'on veut !

AGÉNOR (1).

Non, t'es trop bête !... ce sera un autre que je connais... Mes enfants, croyez-moi, nous avons trouvé la poule aux œufs d'or.

LA BRÉNARD.

J'demande de l'omelette !

AGÉNOR.

Il y en aura pour tout le monde !

JEAN.

A la bonne heure !

AGÉNOR.

Ne perdons pas la boussole... Des diamants ici. (Il va prendre les diamants à la table, puis les met dans l'armoire sous le linge.) La clé sous l'armoire. Les autres bijoux nous les enterrerons jusqu'à nouvel ordre. (2).

LA MÈRE.

Je voudrais pas être dans la peau de Philippe... C'est égal... c'est mon fils tout de même... Ah ! et Lolotte, qu'en avez-vous fait ?

AGÉNOR, qui est remonté vers la fenêtre.

Elle est dans la chambre. (Il écarte les rideaux et regarde. — On voit la chambre de Clara éclairée. — Le cadavre est sur le lit. — Charlotte, Veinard fils et les voisins sont à côté.) Ta fille qui geint avec tout le monde.

LA BRÉNARD, d'une voix sourde.

Qui ça, tout le monde ?

---

(1) La Mère, Agénor, Jean, la Brénard.

(2) Agénor, La Mère, Jean, la Brénard.

AGÉNOR.

Tu vois... les gens que le cri de Clara a éveillés et qui sont accourus.

LA MÈRE, voyant entrer le commissaire et des agents dans la chambre de Clara.

Ah ! malheur ! la police y est aussi... Nous sommes trop près, filons !

AGÉNOR.

Oui... (Il laisse retomber le rideau.)

JEAN.

Pourquoi vois-je encore les yeux de la morte !

AGÉNOR, avec un geste d'horreur.

Tais-toi !

LA MÈRE.

En avant-deux, mes enfants ! (Ils sortent par la porte à gauche.

FIN DU QUATRIÈME TABLEAU. — RIDEAU.

ACTE QUATRIÈME

Cinquième Tableau

L'INTERROGATOIRE

Le Cabinet du Juge d'Instruction.

Scène Première

CHARLOTTE, VEINARD FILS.

VEINARD, à la porte du fond.

Par ici... par ici... Voilà un appartement où il n'y a personne.

CHARLOTTE, entrant.

Qu'arrive-t-il ?

VEINARD FILS.

Mes anciens patrons sont là... Ils sont là, te dis-je... S'ils me voyaient, ils me feraient arrêter et cela ne leur serait pas difficile dans cette grande maison où il n'y a que des agents de police et des gendarmes.

CHARLOTTE.

Parbleu ! au Palais de Justice...

VEINARD.

J'avais raison de ne pas vouloir y venir, Lolotte...

CHARLOTTE.

Il le fallait puisque nous sommes cités chez le Juge d'instruction comme témoins à cause de l'assassinat de notre pauvre maîtresse... Si nous ne nous étions pas présentés, on se serait imaginé que c'est nous...

VEINARD.

Il ne manquerait plus que ça !... Voleur de timbres-poste, c'est possible, mais pas assassin de cocottes !...

CHARLOTTE.

Vous n'êtes pas assez courageux pour ça, Ernest...

VEINARD.

Ah! non par exemple! et si je savais qui a fait le coup je le dirais...

CHARLOTTE.

Il ne faut pas dénoncer les autres si on ne veut pas qu'on soit dénoncé soi même.

VEINARD.

C'est vrai... on n'aurait qu'à avertir MM. Hélouin et Boilansac que je suis ici... Mon père aussi n'est peut-être pas loin...

CHARLOTTE.

Qu'est-ce qu'il est votre père ?

VEINARD.

C'est... c'est un homme impitoyable!... Hein!...
(Un garde du Palais entre par le fond.)

Scène II

CHARLOTTE, LE GARDE, VEINARD FILS.

LE GARDE.

Qu'est-ce que vous faites donc dans le cabinet de M. le Juge d'Instruction ? Comment y êtes vous entrés ?

VEINARD.

Par la porte... Elle était ouverte...

LE GARDE.

C'est là une belle raison... Qui êtes-vous d'abord ?

CHARLOTTE.

Nous sommes des témoins.

LE GARDE.

Il y a pour eux l'antichambre...

VEINARD.

Si ça vous est égal, nous voudrions attendre ailleurs. Nous craignons les courants d'air...

LE GARDE.

Des témoins ! Ça m'étonne !

VEINARD.

Vous avez l'air d'un brave homme et cela vous ferait certainement de la peine que je m'enrhumasse...

LE GARDE, désignant une porte à gauche.

Cela me serait égal... Enfin, entrez là... C'est le cabinet du Greffier...

VEINARD.

Oh ! merci, monsieur... Viens, Lolotte... (Il sort avec Charlotte par la gauche.)

LE GARDE.

Et ne bougez pas avant qu'on vous appelle. Justement, voici monsieur le Juge... (M. Maloir et Veinard père entrent par le fond. Le garde salue et sort par le fond.)

Scène III

M. MALOIR, VEINARD PÈRE.

MALOIR.

Nous sommes en retard, Veinard ?

VEINARD PÈRE.

Oui, monsieur le Juge, votre antichambre est déjà pleine de monde.

MALOIR.

Installez-vous pour écrire. (Veinard père va s'asseoir derrière une table placée à droite, Maloir derrière une table placée à gauche. Sur ces tables se trouvent des dossiers et des pièces à conviction.) Ah ! c'est un pénible métier que celui de juge d'instruction.

VEINARD PÈRE.

Et celui de greffier, croyez-vous qu'il ne soit pas pénible aussi ? Gratter du papier du matin au soir alors qu'on a l'habitude d'une existence plus active...

MALOIR.

C'est vrai qu'avant d'être greffier, vous vous donniez beaucoup de mal... Vous étiez un excellent agent de police.

VEINARD PÈRE.

Dans ma carrière il ne m'est pas arrivé souvent de rester bredouille... Et cependant des personnes que je viens de voir dans votre antichambre me rappellent deux échecs...

MALOIR.

Vraiment ?

VEINARD PÈRE.

M. Boilansac m'avait chargé, il y a seize ans, de rechercher une enfant, une petite fille enlevée auprès d'un cadavre... L'auteur du crime a été exécuté à Lyon et l'on n'a pu obtenir de lui des aveux... Il m'a été impossible de retrouver l'enfant.

MALOIR.

Peut-être cette enfant n'est-elle plus ?

VEINARD PÈRE.

. Tout le monde, en effet, a cru à sa mort, mais pas moi... Il y avait des indices certains du contraire... Je n'ai pas été plus heureux, peu avant de devenir greffier, à propos d'un vol dont MM. Hélouin et Boilansac ont été victimes. Ces messieurs ont eu, il est vrai, la générosité de ne pas porter plainte, mais je finirai par savoir ce qu'est devenu le coupable... et je ne l'épargnerai pas.

MALOIR.

Je connais cette affaire, mon pauvre Veinard.

VEINARD PÈRE.

Quoique le voleur soit mon fils, je n'hésiterais pas à le livrer à la justice.

MALOIR.

Vous parlez comme Brutus...

VEINARD PÈRE.

J'ai toujours su ce que c'est que faire mon devoir.

MALOIR, se levant.

Je le sais... Occupons-nous donc de l'affaire de ce Philippe. Jamais culpabilité ne fut plus aisée à établir.

VEINARD PÈRE.

Ah ! vous trouvez ?...

MALOIR.

Les preuves sont accumulées contre l'accusé...

VEINARD PÈRE.

On dirait même qu'on les a réunies à plaisir...

MALOIR.

Philippe savait fort bien que la fille Clara avait chez elle 125,000 francs puisque c'était lui qui avait été chargé de les lui apporter... La justice a fait une perquisition à son domicile et l'on y a découvert, avec des vêtements teints de sang, le couteau qui a servi au meurtre... Dans un placard, quelques diamants étaient cachés sous du linge !

VEINARD PÈRE.

Ce sont des malins qui ont commis le crime...

MALOIR.

Nous avons affaire au contraire à un assassin naïf.

VEINARD PÈRE.

Prenez garde, monsieur le Juge... Les assassins ne sont plus naïfs aujourd'hui ; ils lisent trop les journaux... Je ne serais pas étonné qu'il y eût plusieurs coupables et que ces coupables fussent des bandits parisiens qui aient tout arrangé pour dépister la police...

MALOIR, s'asseyant à sa place.

Vous me prenez donc pour un juge d'instruction d'erreur judiciaire, mon pauvre Veinard ?... Je vais vous prouver le contraire. (Il sonne, le garde paraît au fond.) Qu'on fasse entrer l'accusé ! (Le garde ramène Philippe par la porte à droite et reste au fond.)

Scène IV

MALOIR, LE GARDE, PHILIPPE, VEINARD PÈRE.

MALOIR, à Philippe.

Comment vous appelez-vous ?

PHILIPPE.

Philippe Vernois.

MALOIR.

Ce n'est pas votre nom.

PHILIPPE.

C'est celui que je suis autorisé à porter...

MALOIR.

Votre âge ?

PHILIPPE.

32 ans...

MALOIR.

Vous savez ce dont vous êtes accusé ?

PHILIPPE.

Non, monsieur le Juge.

VEINARD PÈRE, à part.

Très bien...

MALOIR.

Vous êtes accusé d'avoir assassiné la fille Clara dans la nuit du 12 juillet.

PHILIPPE.

J'ai passé à l'usine de mes patrons, à la Villette, toute la nuit du 12 juillet.

MALOIR.

Il ne suffit pas d'invoquer un alibi, il faut l'établir... Et quand bien même vous y arriveriez, il vous resterait à expliquer pourquoi l'on a trouvé chez vous ce couteau et ces vêtements ensanglantés... (Il désigne un paquet placé sur la table.)

PHILIPPE.

On a trouvé chez moi ?... C'est un piège, monsieur !

VEINARD PÈRE, à part.

J'en suis aussi sûr que lui !

MALOIR.

Ces objets ont été découverts dans les combles du pavillon que vous habitez et qui n'est qu'une dépendance de la maison où le crime a été commis...

PHILIPPE.

Je n'y comprends rien...

VEINARD PÈRE.

Parbleu...

MALOIR.

Et ces diamants, ils étaient dans un placard de votre appartement, cachés sous du linge... qu'en dites-vous ?...

PHILIPPE.

En ce cas, monsieur, il s'agit de savoir qui les y a placés...

MALOIR.

Alors vous niez ?...

PHILIPPE.

Formellement, monsieur...

MALOIR.

Voyons, parlez... Je vous écoute.

PHILIPPE.

Mais, monsieur, je n'ai rien autre à vous dire, moi, sinon que je suis innocent et que j'ai assez de confiance dans la justice pour être convaincu qu'elle le reconnaîtra. J'ai quitté mon logement pour accompagner plusieurs personnes qui étaient venues me voir... Je suis allé avec elles jusqu'à la gare Saint-Lazare, d'où je me suis rendu directement à l'usine... J'y ai passé la nuit selon mon habitude.

VEINARD PÈRE.

Et vous n'avez pas eu la précaution, en rentrant, de vous montrer un peu à tout le monde ?

PHILIPPE.

Non, monsieur...

VEINARD PÈRE, à part.

Je disais bien...

PHILIPPE.

Je n'ai parlé au concierge de la grande entrée que le matin, avant de me rendre à Croissy, chez M. Boilansac... C'est là qu'on m'a arrêté hier et c'est par vous que j'apprends aujourd'hui que l'on a assassiné une femme, que je suis l'assassin et qu'on a recueilli chez moi les preuves de mon crime.

MALOIR.

Vos dénégations ne suffisent pas.

VEINARD PÈRE.

Il a un ton de sincérité !...

PHILIPPE.

Si j'avais commis cet assassinat, pourquoi aurais-je caché chez moi les pièces à conviction ?

MALOIR.

On peut vous répondre que vous ne pensiez pas être soupçonné, mais que la providence, avec la collaboration de la police, sait déjouer la scélératesse des assassins... Quand la justice a fait son enquête chez la victime, elle a interrogé la femme de chambre.

PHILIPPE.

Eh bien ?...

M. MALOIR.

Cette fille a dit que vous aviez porté les valeurs à sa maîtresse dans la journée...

PHILIPPE.

C'est vrai...

VEINARD père.

Qu'est-ce que cela prouve ?...

M. MALOIR.

Hein !... Cela ne prouverait rien si l'on n'avait pas trouvé ce mouchoir ensanglanté dans la chambre du crime... Reconnaissez-vous ce mouchoir qui porte vos initiales ?...

PHILIPPE.

Soit!... ce mouchoir est à moi... Mais, si on me l'a volé et si on l'a ensuite oublié volontairement...

VEINARD père.

Ce qui n'est pas douteux!

PHILIPPE.

Ah!

M. MALOIR, sévèrement à Veinard père.

Greffier!... (à Philippe.) Enfin, dites-nous ce que vous pensez... expliquez-nous... Nous ne demandons pas mieux que de croire à votre innocence... Mais quels seraient les auteurs de la machination dont vous prétendez être victime?...

VEINARD, à part.

Ce sont ceux-là que j'eusse recherchés et que la police eût dû arrêter...

PHILIPPE.

Je vous avoue, monsieur, qu'à cette heure, je n'ose rien supposer, je ne puis rien dire... Tout ce qu'il m'est permis de faire, c'est de nier avec la plus grande énergie ma participation à cet épouvantable crime... c'est de vous exprimer toute l'horreur que je ressens... Je suis comme étourdi par la scélératesse de ceux qui ont voulu me faire passer pour le coupable... Il ne m'est guère possible d'ajouter quelque chose... Ce couteau que vous m'avez montré n'est pas à moi... Les diamants, je ne les ai jamais vus... Quant aux vêtements, ils m'appartiennent, il est vrai, mais j'ignorais qu'ils fussent souillés de sang... On peut s'être introduit chez moi et y avoir tout préparé pour me perdre...

M. MALOIR.

Vous ne vous connaissez pas d'ennemis?...

PHILIPPE.

Je ne m'en connais pas, mais les ennemis les plus dangereux sont ceux qui ne se font pas connaître.

M. MALOIR.

Votre femme de ménage?... Couche-t-elle chez vous?

PHILIPPE.

Oui, monsieur... L'a-t-on interrogée?...

M. MALOIR.

Pas encore.

PHILIPPE.

Qu'on le fasse, alors !

VEINARD père.

On dirait que c'est lui, le juge !

M. MALOIR.

Elle sera interrogée en temps et lieu... (Au garde.) Emmenez l'accusé ! (Le garde emmène Philippe qui sort par la porte à droite.)

Scène V

M. MALOIR, VEINARD père, puis CHARLOTTE.

M. MALOIR, à Veinard père.

Eh bien, qu'en pensez-vous ?

VEINARD père.

Je n'ai pas changé d'opinion... au contraire... et vous ? (Ils se lèvent et se rejoignent au milieu de la scène.)

M. MALOIR.

Jusqu'ici, l'accusé n'a rien dit qui puisse le disculper sérieusement... (Charlotte entre par la porte de gauche.) (1) Qu'est-ce ?... Qui va là ?

CHARLOTTE.

Ah ! si vous croyez qu'on s'amuse dans votre greffe... La porte en est fermée... impossible de sortir sans passer par ce cabinet...

VEINARD père.

Qui êtes-vous ?

CHARLOTTE.

Je suis un témoin...

M. MALOIR.

Comment vous appelez-vous ?

CHARLOTTE.

Charlotte Bondu...

VEINARD père, allant à sa table et feuilletant des papiers.

Je l'ai fait citer en effet... C'est la femme de chambre.

M. MALOIR.

Eh bien, puisqu'elle est ici... entendons-la... Qu'avez-vous à nous dire ?...

---

(1) Maloir, Charlotte, Veinard père.

CHARLOTTE, tirant un mouchoir, se met à pleurer tout-à-coup.

Hélas, monsieur, ma pauvre maîtresse !...

M. MALOIR.

Je comprends votre douleur... asseyez-vous mademoiselle... (Charlotte s'asseoit près de la table du juge.) Racontez-nous ce que vous savez.

CHARLOTTE, avec des sanglots.

Madame avait reçu cent vingt-cinq mille francs dans la journée... hi ! hi !... C'est Philippe, le contre-maître de M. Hélouin, qui lui a apporté cette somme en machines de Bourse... hi ! hi !...

VEINARD père.

Tout cela n'est pas encore trop triste !...

M. MALOIR.

Parlez, mademoiselle.

CHARLOTTE, redoublant ses larmes.

Hi ! hi !

M. MALOIR.

Arrivons aux évènements de la nuit.

CHARLOTTE.

Madame m'avait dit plusieurs fois : « Je ne vais pas dormir avec cette fortune chez moi ». Pauvre madame, elle dort tranquille, maintenant !... hi ! hi ! hi !...

M. MALOIR.

Comment avez-vous appris le crime !

CHARLOTTE.

Je dormais profondément... Tout à coup, madame a crié... Je me suis levée et je suis descendue... J'ai vu la porte de la chambre de madame tout ouverte et ma pauvre maîtresse... hi ! hi ! hi !... (Elle sanglotte de plus belle.)

M. MALOIR.

Remettez-vous.

CHARLOTTE.

Je suis sortie en criant au secours !... Je n'avais plus ma tête... On est venu... et c'est tout ce que je sais... hi ! hi !

M. MALOIR.

Vous pouvez vous retirer... (Charlotte se dirige vivement vers la porte du fond.)

VEINARD père, se levant.

Attendez... Vous vous appelez Charlotte Bondu... Ce nom de Bondu ne m'est pas inconnu... Ne seriez-vous pas par hasard de Lyon ?...

CHARLOTTE, surprise.

Lyon !... non, non... Je suis née à Paris, sur l'extérieur.

VEINARD père, à part.

Il faudrait peut-être surveiller cette fille-là, malgré ses larmes... Je m'occuperai d'elle...

CHARLOTTE, à part.

Qu'est-ce qu'il a à me reluquer le vieux ?...

MALOIR.

Eh bien, vous ne sortez pas?... Que vous arrive-t-il?

CHARLOTTE.

C'est que je vais vous dire... En même temps que moi, on a cité Ernest, le valet de chambre de madame... Et il est là... (Elle désigne la porte de gauche.) Même qu'il doit pas mal s'ennuyer...

VEINARD père, allant s'asseoir à sa place.

Je ne serai pas fâché de voir ce domestique...

MALOIR.

Nous allons l'entendre tout de suite...

CHARLOTTE.

Oh ! merci... (Elle va à la porte de gauche, appelant :) Ernest, Ernest !... Viens parler à M. le Juge. Il ne te mangera pas... (Au Juge.) Si vous saviez comme il est naïf !... (Appelant de nouveau.) Ernest !

Scène VI

MALOIR, CHARLOTTE, VEINARD fils, VEINARD père.

VEINARD fils, entrant timidement.

Le Juge !... j'ai de la méfiance... (Il reconnait son père dans le greffier.) Ah !...

VEINARD père, reconnaissant son fils.

Par exemple !...

MALOIR.

Qu'arrive-t-il ?...

CHARLOTTE.

Ils ont l'air épaté !...

VEINARD fils.

Papa !...

VEINARD père, se levant et prenant son fils par l'oreille.

Mon fils !... Ah ! coquin !...

VEINARD fils.

Je voudrais bien être ailleurs...

VEINARD père.

C'est toi, le valet de chambre... Tu t'es fait larbin?

VEINARD fils.

Je ne pouvais pas choisir...

VEINARD père.

Oui, puisque tu avais commencé par être voleur!

MALOIR.

Mon pauvre Veinard!...

CHARLOTTE.

A-t-il l'air nigaud, Ernest!...

VEINARD père.

Je te tiens, maintenant... Je ne te lâcherai pas... Je ne serai pas indulgent, moi, comme tes patrons, qui n'ont même pas porté plainte...

VEINARD fils, relevant la tête.

Ils n'ont pas porté plainte!... Eh bien, qu'est-ce que vous me voulez, alors?...

VEINARD père.

Ce que je te veux, fripon, pendard!... Réponds d'abord à M. le Juge qui t'a fait appeler en ta qualité de domestique d'une cocotte... Nous verrons ensuite...

CHARLOTTE.

Ernest n'en sait pas plus que moi...

VEINARD père.

Qui ça, Ernest?

CHARLOTTE.

C'est lui...

VEINARD père, à son fils.

Tu as servi sous un pseudonyme... Joli nom que celui d'Ernest... Mon compliment!...

VEINARD fils.

J'avais peur que le nom de Veinard me fît du tort...

VEINARD père.

Oui, parce que tu l'avais deshonoré!...

M. MALOIR, à Veinard fils.

Enfin, vous n'avez rien à nous apprendre que cette fille ne sache pas?...

VEINARD fils.

Non, monsieur... le Juge.

MALOIR.

Je n'ai plus besoin de vous, alors...

VEINARD fils.

Ah ! Je m'en vais volontiers...

VEINARD père, à son fils.

Toi, entre là... (Montrant la porte de droite.)

VEINARD fils.

Mais, papa...

CHARLOTTE (1).

Mais, papa...

VEINARD père.

Entre là !

VEINARD fils.

On ne sort pas par là...

VEINARD père.

C'est pour cela... Je veux te retrouver tout à l'heure.

VEINARD fils.

Je n'y tiens pas, moi...

VEINARD père.

Moi, j'y tiens...

CHARLOTTE.

Tu te laisses faire par ce vieil obstiné ?...

VEINARD père.

Vous, on ne vous garde pas pour le moment... Mais on vous retrouvera, fille Bondu...

CHARLOTTE.

Hein !... Bon, bon, je file... Au revoir, Ernest ! (Elle sort par le fond.)

VEINARD fils.

Au revoir, Charlotte !... (A son père.) J'obéis, mais par force !... (Il sort par la droite.)

Scène VII

M. MALOIR, VEINARD père, puis LA BRÉNARD.

MALOIR.

Si vous le désirez, mon pauvre Veinard, nous suspendrons ces dépositions...

VEINARD père, se rasseyant

Non, monsieur le Juge, au contraire...

---

(1) Maloir, Charlotte, Veinard père, Veinard fils.

MALOIR.

Nous allons entendre alors la femme de ménage. (Il sonne. Le garde apparaît par le fond.) Faites entrer la femme Brénard !... (Le garde appelle dans le couloir du fond : Femme Brénard !)

LA BRÉNARD, entrant au milieu ; elle va faire une révérence à Maloir, puis à Veinard père ; éclatant brusquement en sanglots.

Oh ! mon pauvre maître !...

VEINARD père, relevant la tête.

En voilà une qui pleure aussi...

MALOIR.

Voulez-vous nous dire ce que vous savez ?...

LA BRÉNARD, allant vers Maloir.

M. Philippe est innocent, monsieur. J'en mettrais ma main au feu !... Et quand je pense qu'on l'accuse ! C'est l'abomination de la désolation !...

MALOIR.

Pas de commentaires.

LA BRÉNARD.

Plaît-il ?

MALOIR.

A quelle heure votre maître est-il sorti de chez lui ?

LA BRÉNARD.

A onze heures, même qu'il était avec M. Boilansac, mademoiselle Madeleine et mademoiselle Lucie. Pauvre mademoiselle Madeleine, ah ! elle est bien à plaindre, allez !...

MALOIR.

Quel rapport cela a-t-il avec l'affaire ?

LA BRÉNARD.

Mademoiselle Madeleine était la fiancée de monsieur Philippe.

MALOIR.

Ah !

LA BRÉNARD.

Elle pleure tout le temps, mais moi, j'y en veux, à cette demoiselle !...

MALOIR.

Pourquoi lui en voulez-vous ?

LA BRÉNARD.

Parce qu'elle croit mon maître coupable... C'est des infamies !

MALOIR.

Comment ? La fiancée de Philippe le croit coupable !...

LA BRÉNARD.

Mon Dieu, elle ne le dit pas tout à fait... On ne peut pas dire ces choses-là .. Mais elle prétend que son amoureux, un peu avant le crime, regrettait de ne pas être riche et lui promettait de tout faire pour le devenir...

MALOIR.

Ah ! Ah ! Ce serait grave...

VEINARD père.

Une simple coïncidence?... Est-il vrai, d'ailleurs, que Philippe se soit exprimé ainsi?...

LA BRÉNARD.

N'est-ce pas?... Et puis, s'il tenait ce langage, il devait ne pas y entendre malice et parler en brave garçon qu'il était...

M. MALOIR, à Veinard.

Une confrontation de cette femme avec la fiancée de Philippe me semble nécessaire... (Il sonne, au garde.) Qu'on fasse entrer mademoiselle Madeleine!... (A la Brénard.) Restez, vous!... (La Brénard, qui était remontée comme pour sortir, s'arrête; le garde va au fond et appelle : Mademoiselle Madeleine!)

LA BRÉNARD.

La chère enfant!...

VEINARD, à part, regardant la Brénard.

En voilà une qui ne vaut pas plus que l'autre!... (Madeleine entre par le fond.)

Scène VIII

MALOIR, MADELEINE, LA BRÉNARD, VEINARD.

MADEDEINE.

Je suis prête à vous répondre, messieurs...

MALOIR.

Vous vous appelez mademoiselle Madeleine, n'est-ce pas?

MADELEINE.

Oui, monsieur.

MALOIR.

Quel est votre autre nom?

MADELEINE.

Je n'en ai pas d'autre. Ma seule famille est l'homme que vous avez arrêté, que vous traitez comme un coupable... Il est tout pour moi!...

MALOIR.

A-t-il des droits aussi grands à votre reconnaissance?

MADELEINE.

C'est mon sauveur, ce sera mon époux dès que vous l'aurez mis en liberté... ce qui ne peut tarder, n'est-ce pas, monsieur?...

MALOIR.

Je le voudrais, mon enfant... Mais ce n'est pas possible... Trop de témoignages l'accusent, trop de preuves l'accablent...

MADELEINE.

Alors, dites qu'on m'enferme avec lui. Je veux partager son sort.

LA BRÉNARD.

Pauvre mignonne.

MALOIR.

Ne vous a-t-il rien dit avant le crime?... Ignorez-vous quels sont les mobiles qui eussent pu lui faire commettre cet épouvantable forfait? Il faut être sincère avec nous, il faut dire la vérité, toute la vérité... Elle peut être une atténuation à sa faute, si elle ne fait pas triompher son innocence!...

MADELEINE.

Son innocence, mais j'en suis aussi sûre que de sa bonté, de sa grandeur d'âme!... Comment voulez-vous que cet homme au cœur généreux soit devenu un assassin?. .

M. MALOIR, à la Brénard, sévèrement.

Que disiez-vous?

LA BRÉNARD.

Peut-elle tenir devant vous un autre langage? D'ailleurs, je pense exactement ça...

MALOIR, à Madeleine.

Philippe n'a-t-il pas regretté de ne pas avoir une fortune pour la mettre à vos pieds?... N'a-t-il pas fait une allusion à cet argent qui avait été entre ses mains quelques heures auparavant?

MADELEINE.

Il est vrai...

MALOIR.

Et ses paroles ne vous ont-elles inspiré aucune crainte, n'ont-elles fait naître en vous aucun soupçon?...

MADELEINE.

Non, monsieur, je me rappelle encore avec ravissement et joie l'aveu de son amour !

MALOIR.

Et si vous vous trouviez en sa présence, lui diriez-vous que vous l'aimez toujours ?... (Il sonne.)

MADELEINE.

Avec bonheur, monsieur. Où est-il ?... Je vous en supplie, je veux le voir !... (M. Maloir fait un signe au garde qui vient d'entrer.)

MALOIR.

Le voici !... (Philippe entre par la porte de droite.)

Scène IX

MALOIR, MADELEINE, PHILIPPE, LA BRÉNARD VEINARD père.

MADELEINE, allant se jeter dans les bras de Philippe.

Lui ! lui ! (Maloir se lève et observe.)

PHILIPPE.

Madeleine !

VEINARD père.

Je voudrais que mon polisson de fils fût aussi blanc que ces gens-là !...

PHILIPPE, à Madeleine.

Tu n'as pas douté un seul instant de moi, au moins ?

MADELEINE.

Non, non...

PHILIPPE.

C'est que, vois-tu, depuis que je sais de quoi l'on m'accuse, j'ai une préoccupation plus forte encore que celle d'établir mon innocence ! .. Madeleine, elle aussi, ne me croit-elle pas coupable ?... C'est une terrible chose que de songer à son honneur flétri, à son nom deshonoré ; il reste toutefois à l'honnête homme une consolation, sa conscience... Mais, perdre en même temps l'affection de celle que j'adore, de toi, Madeleine, et cela sans espoir de la recouvrer, car l'amour, vois-tu, ne renaît plus... C'était trop, trop !... (Veinard se rassied.)

MADELEINE.

Pouvais-je m'imaginer que tu étais un criminel, toi qui as à un si haut point en partage la noblesse du cœur !... Comment, toi, qui as protégé ma faiblesse, eusses-tu pu concevoir la pensée de pénétrer chez une femme pour l'assassiner et la voler ?... Je t'ai vu résister à des hommes robustes comme les Bondu, et, pour me protéger contre eux, tu n'avais pas besoin d'une arme... Il ne pouvait être à toi, ce couteau ensanglanté qu'on prétend avoir retrouvé dans ta maison... (Philippe se dirige vers la table de Maloir.)

PHILIPPE (1).

Monsieur le Juge, Madeleine dit ce qui est. Je ne suis pas capable de commettre un assassinat... Mais il est une autre chose à laquelle je pense. On a trouvé des vêtements, des menus bijoux, des objets de mince valeur ou sans valeur aucune... Et ces titres remis par moi à madame Clara, on n'en a pas parlé... Que sont-ils devenus ?

VEINARD père.

C'est vrai...

LA BRÉNARD, à part.

Je ne peux pas dire cependant que les voleurs avaient été volés....

MALOIR.

On n'a retrouvé, en effet, les 125,000 francs, ni chez la victime, ni chez vous...

PHILIPPE.

Alors, je n'eusse songé qu'à faire disparaître l'argent et j'eusse étalé tout ce qui pouvait me compromettre...

MALOIR.

Vous ne saviez pas que les premières perquisitions auraient lieu dans votre appartement... Vous auriez eu le temps d'emporter l'argent et vous n'auriez pu que cacher sommairement les pièces à conviction...

PHILIPPE.

Je suis persuadé, monsieur, que vous doutez de ce que vous dites. Si j'avais voulu m'emparer des 125,000 francs de madame Clara sans risquer l'échafaud, presque sans aucun danger, je n'aurais eu qu'à ne pas faire la commission dont j'avais été chargé...

VEINARD père.

Eh ! parbleu !

---

(1) Maloir, Philippe, Madeleine, la Brénard, Veinard père.

PHILIPPE.

Je pouvais fuir en emportant l'argent...

MALOIR.

Mais vous aviez tout intérêt à rester...

VEINARD père.

Le patron est embarrassé.

LA BRÉNARD.

Cela va mal pour le plan d'Agénor... (Le garde entre par le fond et présente une carte à Maloir.)

MALOIR.

Ah ! c'est vrai, je les oubliais... Faites-les entrer. (Le garde va au fond et fait signe d'entrer à Hélouin et Boilansac, puis sort. Hélouin va directement à M. Maloir.)

Scène X

MALOIR, PHILIPPE, HÉLOUIN, BOILANSAC, MADELEINE LA BRÉNARD, VEINARD.

HÉLOUIN, très agité.

Monsieur le Juge d'Instruction, je vous apporte la preuve de l'innocence de Philipppe Vernois !

LA BRÉNARD, à part.

Hein !

PHILIPPE.

Ah ! (Mouvement de la part des autres personnages.)

HÉLOUIN.

J'affirme que Philippe a passé la nuit du crime avec moi...

PHILIPPE.

Qu'est-ce qu'il dit ?

MALOIR.

Toute la nuit ?

HÉLOUIN.

Je l'ai rencontré au moment où il venait de quitter M. Boilansac et sa fiancée et il a dû rester avec moi pour une affaire urgente.

MALOIR.

Pourquoi ne l'a-t-il pas déclaré ?

HÉLOUIN.

Et s'il n'avait pu le faire par devoir ?... Si, pour un motif qu'il connaît, que M. Boilansac, mon associé ici présent, connaît aussi, je lui avais demandé sa parole qu'il ne dirait pas qu'il avait conféré avec moi aussi longuement? (1)

VEINARD père.

Ce dénouement imprévu était prévu.

MADELEINE, à Philippe.

Sauvé! Il est sauvé!

PHILIPPE.

Je ne puis laisser dire...

LA BRÉNARD.

Diable!

BOILANSAC, bas à Philippe.

Nous nous sommes entendus ensemble. Une fois en liberté, vous chercherez vous-même les preuves véritables.

MALOIR, à Hélouin.

Je prends acte de votre déclaration... Toutefois, je dois appeler votre attention sur son invraisemblance...

HÉLOUIN.

Je n'ai rien à ajouter, ni à retrancher à ma déposition...

MALOIR.

Craignez cependant, monsieur, que votre confiance en l'accusé ne vous aveugle... Ce n'est pas la première fois que je vois des patrons persuadés de l'innocence de leurs employés, jusqu'au moment où on leur démontre qu'ils font erreur... Par exemple, je les ai rarement vus s'exposer eux-mêmes aux rigueurs de la loi, commettre un faux témoignage...

HÉLOUIN.

Un faux témoignage?

MALOIR.

Eh! oui, monsieur... Tout vous contredit... L'accusé lui-même... (A Philippe.) Vous avez prétendu, n'est-ce pas, avoir couché à l'usine?...

PHILIPPE.

En effet, monsieur...

MALOIR.

M. Hélouin n'y étant pas allé, vous n'avez pu l'y voir...

---

(1) Maloir, Hélouin, Philippe, Boilansac, Madeleine, la Brénard, Veinard père.

HÉLOUIN.

Mais...

LA BRÉNARD, d'un air naïf. (1)

Je vas vous dire, monsieur le Juge. C'est peut-être chez monsieur Philippe même que l'entrevue avec monsieur Hélouin a eu lieu... J'ai entendu parler cette nuit...

MALOIR.

Vous avez entendu parler ?

LA BRÉNARD.

Oui, de ma chambre, un peu avant l'assassinat.

PHILIPPE.

Je n'étais cependant pas chez moi, étant parti avec M. Boilansac...

MALOIR.

Oui, mais vous y êtes revenu... Tout le prouve... (A Hélouin.) Voyons, monsieur, est-ce chez Philippe que vous auriez eu votre mystérieuse conférence ? Allons, avouez qu'elle n'a pas eu lieu et que c'est uniquement pour sauver l'accusé...

HÉLOUIN, d'un ton moins ferme.

Je ne le crois pas coupable !

MALOIR.

Tout démontre le contraire, cependant... Il dit qu'il n'est pas rentré chez lui... Or, il y est allé avant et après le crime... Sa propre femme de ménage, qui couche dans le même pavillon, reconnaît l'avoir entendu parler, avec un complice sans doute... Puis, les traces que ses chaussures ont laissé dans la boue du jardin de madame Clara, et que l'on retrouve dans son propre appartement, achèvent de le perdre... Il y a du sang sur ces chaussures...

LA BRÉNARD.

C'est juste !

HÉLOUIN.

Ah !

LA BRÉNARD, bas, à Hélouin.

Oh ! vous faites bien d'avoir tout de même pitié de lui, car c'est par amour qu'il a été coupable, pour enrichir mademoiselle Madeleine !...

---

(1) Maloir, la Brénard, Hélouin, Philippe, Boilansac, Madeleine, Veinard père.

HÉLOUIN.

En vérité !... (Avec force.) Monsieur le Juge, punissez-moi... J'ai menti !

MALOIR, se levant.

A la bonne heure !

HÉLOUIN.

Vous ne vous êtes pas trompé... Je croyais être sûr de l'honnêteté de Philippe, de son innocence, et, en le sauvant, même au prix d'un mensonge, je m'imaginais accomplir un devoir... Maintenant, j'avoue que je doute...

PHILIPPE.

Monsieur, je n'acceptais pas votre supercherie.

LA BRÉNARD, à part.

Il est bien perdu, cette fois ! (Haut.) Mon pauvre maître !

BOILANSAC, à Madeleine.

Venez, Madeleine.

MADELEINE, avec énergie.

Je ne veux pas le quitter ! (Elle va vers Philippe.) (1) Philippe ! Mon cher Philippe !

PHILIPPE, à Hélouin.

Ah ! Monsieur, vous m'abandonnez maintenant. Je vois bien que vous croyez aussi à ma culpabilité !... Je vous pardonne à cause des bontés que vous avez eues pour Madeleine et pour moi, et je souhaite que votre conduite actuelle ne vous cause pas d'éternels remords !

VEINARD père, debout.

Ils auront beau dire, cet homme-là n'est pas un assassin !

FIN DU CINQUIÈME TABLEAU. — RIDEAU.

---

(1) Maloir, la Brénard, Hélouin, Philippe, Madeleine, Boilansac Veinard père.

ACTE CINQUIÈME

Sixième Tableau

AU CLAIR DE LA LUNE

Jardin d'Hélouin à Croissy. A droite, un pavillon avec fenêtre ; porte grillée au fond, avec vue du paysage de Croissy. Banc de jardin à gauche. Il fait encore jour au lever du rideau.

Scène Première

HÉLOUIN, BOILANSAC.

BOILANSAC, assis à gauche sur le banc.

Rentres-tu à Paris ce soir, Hélouin ?

HÉLOUIN, également assis.

Sans doute.

BOILANSAC.

J'espérais que tu serais des nôtres. Après avoir loué cette villa qui est contigüe à la mienne et après avoir passé toute la journée à l'installer, tu me semblais devoir y rester cette nuit. J'avais annoncé à Lucie que Georges et toi dineriez avec nous, ce sera une désillusion pour elle.

HÉLOUIN.

Est-ce qu'elle a toujours les mêmes idées, ta fille ?

BOILANSAC.

Toujours !

HÉLOUIN.

Elle a de plus en plus tort, car Georges n'a pas changé non plus.

BOILANSAC.

Comment, il a une autre Clara ?

HÉLOUIN.

Plusieurs autres.

BOILANSAC.

Alors, c'est mieux. De quoi te plains-tu ?

HÉLOUIN.

De ce que mieux soit l'ennemi du bien. (Un silence.)

BOILANSAC.

Où en est l'instruction ? (Ils se lèvent.)

HÉLOUIN.

Les preuves s'accumulent contre Philippe. Il est perdu !

BOILANSAC.

Que penses-tu de l'attitude de la femme de ménage de Philippe ?

HÉLOUIN.

C'est une brave femme que la Brénard... Elle a tout fait pour essayer de sauver son maître.

BOILANSAC.

Oui, mais si maladroitement qu'elle a aidé à le perdre.

HÉLOUIN.

Tu vois que Madeleine ne lui en a pas voulu, elle...

BOILANSAC.

Oui, car elle est allée la rejoindre... Elle a quitté ma maison, malgré mes conseils, malgré les prières de Lucie ; elle a déclaré qu'elle ne voulait pas rester chez des gens qui ne croyaient pas à l'innocence de Philippe... Elle veut gagner sa vie... travailler pour vivre, ne rien demander à personne...

HÉLOUIN.

C'est un bon sentiment !

BOILANSAC.

Ah ! je crois qu'elle est sincère, cette enfant, et qu'elle veut rendre à Philippe dévouement pour dévouement. Tu comprends que je me suis entendu avec la Brénard et que Madeleine ne manquera jamais de rien...

HÉLOUIN.

Tiens, c'est curieux, j'avais donné de l'argent à la Brénard dans le même but...

BOILANSAC.

Ah ! je te reconnais là !

HÉLOUIN.

Elle est bien bonne... Pourquoi trouves-tu surprenant que je fasse comme toi ? Par exemple, j'ai bien recommandé de ne pas révéler à Madeleine l'intérêt que nous lui portons encore...

BOILANSAC.

Elle refuserait d'accepter...

HÉLOUIN.

Maintenant, mon cher Boilansac, lis ce billet. Il t'apprendra pourquoi j'ai loué cette villa et qui j'attends.

BOILANSAC.

Tu attends quelqu'un ?

HÉLOUIN.

Lis...

BOILANSAC, lisant.

« Emma Sarnette et Edgard Sarnette, né Hélouin, sollicitent l'honneur d'être reçus par M. Fernand Hélouin. Réponse au porteur, s. v. p. » Qu'est-ce que c'est que ça ?

HÉLOUIN.

Ça, c'est le fils dont je t'ai parlé et sa mère...

BOILANSAC.

Qu'est-ce que tu vas faire de ces deux... parents ?

HÉLOUIN.

Il me tarde d'abord de savoir ce qu'ils sont devenus depuis trente-deux ans... (On sonne au fond. Agénor et la Mère paraissent derrière la grille.)

BOILANSAC.

Je comprends ça.

HÉLOUIN.

Pour le reste... Tu connais mes idées.

BOILANSAC.

Oui, mon ami. (Hector va voir à la grille.)

HÉLOUIN.

Je suis impatient de voir ce fils... Dieu veuille que les circonstances l'aient laissé honnête...

Scène II

LES MÊMES, HECTOR, puis LA MÈRE et AGÉNOR.

HECTOR. (1)

Deux mendiants prétendent être attendus par M. Hélouin.

---

(1) Hélouin, Hector, Boilansac.

HÉLOUIN.

Faites-les venir. (Hector va ouvrir. A Boilansac.) Deux mendiants !

BOILANSAC.

Eh bien, ils vont cesser de l'être.

LA MÈRE.

Pardon, Messieurs... (A Agénor, désignant Boilansac.) A genoux, mon enfant... (Ils se mettent à genoux devant Boilansac.)

BOILANSAC.

Vous vous trompez... ce n'est pas moi.

LA MÈRE, désignant Hélouin.

C'est donc lui, alors !

BOILANSAC.

C'est lui ! (La Mère et Agénor vont se jeter aux pieds d'Hélouin.) Je vous laisse... Bonne chance !... (Il sort par la gauche ; la Mère se relève.)

Scène III

HÉLOUIN, AGÉNOR, LA MÈRE.

HÉLOUIN, à Agénor toujours à genoux.

Relevez-vous...

LA MÈRE.

Quand vous aurez pardonné...

HÉLOUIN.

Pardonné quoi ?... Dans mes bras, mon enfant...

AGÉNOR, d'un ton larmoyant.

Tu l'entends, mère !... (Il se relève et se jette dans les bras d'Hélouin.) Il m'appelle son enfant... La mort peut venir à présent !

HÉLOUIN.

C'est bien, mon fils... (Il l'embrasse.)

LA MÈRE.

Comme vous êtes bon !...

HÉLOUIN.

Ne me faites pas des éloges que je ne mérite pas !... Vous avez été une mère, vous, puisque vous n'avez pas abandonné votre enfant, puisque vous vous êtes chargée toute seule du devoir que nous devions partager...

LA MÈRE.

Ça va encore mieux que je ne l'aurais cru...

HÉLOUIN.

C'est pour moi une grande douleur de vous retrouver en cet état...

LA MÈRE.

Ah ! vous ne savez pas tout !

HÉLOUIN.

Ne m'épargnez aucun détail de votre malheureuse vie...

LA MÈRE. (1)

Quand vous m'avez quittée — je ne vous le reproche pas — vous avez fait comme tout le monde — quand vous m'avez quittée, j'ai voulu donner un nom à mon fils. J'ai voulu que, devenu grand, il n'eût pas à rougir de ne porter que celui de sa mère... alors, je me suis mariée, sans vous oublier, Fernand... Mon mari, un digne homme, est mort... de mort subite...

AGÉNOR.

D'une attaque...

LA MÈRE.

Ça a été le commencement de toutes nos infortunes. Sans argent, sans travail, je ne savais comment donner du pain à mon enfant. Nous avons souffert de la faim, nous avons souffert du froid.

HÉLOUIN, navré.

Et moi, pendant ce temps-là, je devenais riche...

LA MÈRE.

Oui, notre pauvreté a été extrême... mais nous n'en avons pas moins suivi les conseils de l'honnête homme qui n'était plus...

AGÉNOR.

Nous les avons suivis, en effet...

LA MÈRE.

Pour cela nous n'avons rien à nous reprocher... Et si la société s'est montrée marâtre à notre égard, ce n'est pas notre faute...

AGÉNOR.

Oh ! la société ! la société !

HÉLOUIN.

Il faudra bien qu'elle reconnaisse ses torts, la société, puisque, moi, je reconnais les miens... Ma maison devient la vôtre, Agénor... (A la Mère.) Quant à vous, je vous ferai une pension, ou plutôt, vous la fixerez vous-même, et je la paierai...

---

(1) Hélouin, La Mère, Agénor.

LA MÈRE.

Oh ! Fernand, merci, vous êtes un grand cœur ! (Georges apparait au haut des marches du pavillon.)

Scène IV

HÉLOUIN, LA MÈRE, GEORGES, AGÉNOR.

GEORGES.

Est-ce que je te dérange, papa ? (Il descend.)

HÉLOUIN.

Vous arrivez à propos, mon fils... Je vous présente votre frère...

GEORGES, ayant l'air de chercher.

Où ça ?

HÉLOUIN.

Prenez garde, Georges !

GEORGES.

C'est monsieur, mon frère... En est-tu bien sûr ?

HÉLOUIN.

Ce dont je suis sûr, monsieur, c'est que si vous ne quittez pas ce ton, vous, mon fils légitime, vous sortirez de chez moi le jour où mon autre fils y entrera.

GEORGES.

Tu es sévère... un peu trop peut-être... mais, pour le moment, je veux bien m'incliner... (A Agénor.) Comment vous appelez-vous, mon frère ?

AGÉNOR.

Je m'appelle Edgard, monsieur !

GEORGES.

Eh bien, Edgard, laisse-moi te donner une bonne nouvelle que tu sais probablement déjà... Dans la fortune de papa, il y a place pour deux... fusses-tu aussi dépensier que moi...

AGÉNOR.

Je ne demande qu'une chose, Monsieur, c'est un peu de pitié et ma part d'affection paternelle dont j'ai été privé...

HÉLOUIN, avec émotion.

Pauvre enfant !

LA MÈRE, à Agénor. (1)

Cher amour...

GEORGES.

Je crois que tu auras tout ce que tu voudras, car tu me parais plus malin que moi. En attendant je te donnerai l'adresse de mon tailleur dont tu as besoin. (Bas à Hélouin.) Faut-il être aimable aussi avec la mère ?...

HÉLOUIN. (2)

Vous êtes donc incorrigible... (A la Mère et à Agénor.) Je vais donner des ordres pour qu'on vous considère ici comme chez vous... Quant à moi, il faut que je rentre à Paris avec Georges ; mais nous nous retrouverons demain. (Il va vers le pavillon à droite, et sort.)

GEORGES, à la Mère.

Vous permettez ? (Il lui tend la main en s'en allant.) Voilà une femme qui a dû être bien... Décidément, mon père avait du goût !... Ah ! Ah !... (Il sort dans la même direction qu'Hélouin.)

Scène V

LA MÈRE, AGÉNOR.

AGÉNOR.

Ce petit homme me déplaît.

LA MÈRE.

Et à moi aussi, bien sûr... mais c'est ton frère...

AGÉNOR, se rapprochant de la Mère.

Dis donc pas d'bêtises !... Tu sais, tu as été admirable !...

LA MÈRE.

Et toi, extraordinaire !...

AGÉNOR.

Je croyais qu'il se contenterait de nous donner quelque argent...

LA MÈRE.

Il parle de nous faire des rentes...

AGÉNOR.

De quoi lancer notre affaire en grand. Je rêve de créer une maison de banque... J'étais un bandit, je deviendrai un gredin de Paris !

---

(1) Hélouin, Georges, la Mère, Agénor.

(2) Georges, Hélouin, la Mère, Agénor.

LA MÈRE.

C'est mieux...

AGÉNOR.

La veine revient... Je ne le croyais pas, l'autre nuit, en sortant de chez la Clara...

LA MÈRE.

Tais-toi... Si on entendait...

AGÉNOR.

Nous voilà riches tout de même.

LA MÈRE.

Et honnêtement!

AGÉNOR.

Je l'aime déjà, ce brave homme...

LA MÈRE.

C'est un bon jobard...

AGÉNOR.

Il en faut comme cela... La preuve...

LA MÈRE.

Et Jean qui nous attend...

AGÉNOR.

Bah!... Il attendra... Il va nous ennuyer, celui-là, maintenant!

LA MÈRE.

Faudra lui donner de quoi vivre...

AGÉNOR.

S'il est raisonnable...

LA MÈRE.

C'est ton vrai frère..

AGÉNOR.

Je ne dis pas le contraire... mais j'aimerais mieux être en deuil de lui... Je serais beaucoup plus tranquille!

LA MÈRE.

Il n'y a pas de bonheur parfait, mon Edgard!

EDGARD.

Pourquoi m'as-tu appelé Edgard?...

LA MÈRE, à Agénor.

C'est le nom que j'avais donné à Philippe. (Hélouin descend du pavillon, suivi de Georges.)

Scène VI

GEORGES, LA MÈRE, AGÉNOR, HÉLOUIN.

HÉLOUIN.

Si vous voulez entrer, on va vous servir à dîner.

LA MÈRE.

Notre estomac est habitué à ne rien faire...

HÉLOUIN.

Il faut qu'il perde cette mauvaise habitude !

AGÉNOR.

Venez, ma mère... (A Hélouin, avec componction.) Si je suis heureux, monsieur, c'est surtout pour elle... Je ne vous en veux pas pour le passé... Et je vais vous être reconnaissant pour l'avenir...

LA MÈRE, prenant le bras d'Agénor.

Ne m'attendris pas... doux trésor de mon âme...
(Ils défilent lentement et entrent dans le pavillon.)

Scène VII

GEORGES, HÉLOUIN, puis AGÉNOR, puis LA MÈRE, à la fenêtre du pavillon.

GEORGES, riant aux éclats. (1)

Ah !' Ah !... Doux trésor de mon âme !... Tu ne pleures pas ?

HÉLOUIN.

Mon fils, taisez-vous ?...

GEORGES, sérieusement.

Des menaces, encore. . Tu ne m'intimideras pas, et tu ne m'empêcheras de dire ce que je pense... Ah ! papa, tu reconnais les enfants facilement, toi... Je te conseille de ne pas le faire mettre dans les journaux, ou, d'ici à quinze jours, tu auras une progéniture plus nombreuse que celle qu'on attribue à Louis XIV. (Pendant que Georges parle, Agénor et la Mère ouvrent la fenêtre du pavillon et s'installent à une table où sont plusieurs plats. Ils commencent à manger. Le jour ayant baissé considérablement, une lampe allumée est posée sur la table.)

HÉLOUIN.

Puisque je sûr que cette femme est la mère, pourquoi cet enfant ne serait-il pas le mien ?

---

(1) Georges, Hélouin.

GEORGES.

Faut vérifier, papa, faut vérifier.

AGÉNOR, de la fenêtre, à part.

Il commence à m'ennuyer, celui-là !

GEORGES.

L'enfant a été déclaré, n'est-ce pas ?... Il faut voir ça... Puis, il a tiré au sort... Il faut encore voir ça...

HÉLOUIN.

Et puis ?...

GEORGES.

Et puis... et puis, il ne sera peut-être pas prouvé que l'enfant véritable n'est pas mort et qu'on ne lui a pas substitué un enfant d'occasion !...

LA MÈRE, qui a une serviette au cou, à Agénor.

De quoi se mêle-t-il, cet oiseau-là ?

AGÉNOR.

Laisse donc, nous répondrons...

LA MÈRE.

T'es tranquille, chéri ?

AGÉNOR.

Parbleu !

LA MÈRE.

Alors, passons au rôti... (Ils referment la fenêtre.)

Scène VIII

GEORGES, HÉLOUIN.

GEORGES.

On doit s'attendre à tout... Est-ce que tu n'as pas été surpris de l'arrestation de Philippe ?... Tu ne pouvais croire d'abord à sa culpabilité, puis, tu as changé tout à coup d'opinion avec une rapidité qui n'a pas laissé de me surprendre...

HÉLOUIN.

On m'a fourni des preuves.

GEORGES.

Il faut toujours les examiner les preuves.

HÉLOUIN.

Je ne te savais pas si prudent...

GEORGES.

Je suis un écervelé, c'est vrai, et la preuve, c'est que je me suis fait beaucoup de tort... à tes yeux surtout... Mais, je n'ai fait du tort qu'à moi... Je t'assure que j'ai été le premier surpris d'apprendre qu'un homme que nous connaissions depuis longtemps comme honnête, laborieux, fût devenu tout d'un coup un assassin... Veux-tu même que je te dise, papa?... J'ai raillé Philippe, quand je l'ai vu arriver avec Madeleine. Et cependant, je me demande à cette heure s'il est possible d'avoir été aussi bienfaisant, et de tuer ainsi une fille pour la voler!...

HÉLOUIN.

Est-ce que tu aurais du cœur?

GEORGES.

Moi!... pas le moins du monde!... Je raisonne quelquefois, voilà tout!... Je veux te prouver seulement aujourd'hui que tu places aussi vite ta confiance que tu la retires... J'ajoute que je veux bien accepter le frère que tu m'imposes... mais sous bénéfice d'inventaire...

HECTOR, en cocher, entrant par la grille.

La voiture est attelée...

HÉLOUIN.

Allons, en route!... (Ils sortent par le fond, suivis d'Hector qui referme la grille.)

Scène IX

AGÉNOR, LA MÈRE, puis JEAN.

AGÉNOR, passant la tête à la porte du pavillon.

Ils sont partis!... (Descendant les marches.) Vive la vie!

LA MÈRE.

Ah! mon Agénor!... (Elle l'embrasse.) Je t'avais toujours dit que tu procurerais de la satisfaction à ta mère... (Jean sonne à la porte grillée du fond. La nuit est presque complète.)

AGÉNOR.

On sonne.

LA MÈRE.

On sonne? Des visites!... (Un domestique apparaît. Elle lui crie, avec un geste important:) Faites entrer!... (Jean entre sans fermer la grille.)

AGÉNOR.

Tiens, c'est ton fils !...

LA MÈRE.

Pour en faire ce que nous voudrons, faudra le prendre par la douceur...

JEAN.

Voyons, Agénor...

LA MÈRE.

Veux-tu te taire !... Il n'y a pas d'Agénor ici... il n'y a qu'un Edgard !

Scène X

JEAN, LA MÈRE, AGÉNOR, puis LA BRÉNARD et MADELEINE.

AGÉNOR.

Eh bien, oui, l'affaire a marché...

LA MÈRE.

Si tu te conduis comme il faut, tu seras ici chez toi... Tu seras chez ta mère...

JEAN, s'étendant sur le banc du jardin.

Alors, je m'installe !... (La Brénard et Madeleine entrent par la grille. Nuit noire. Elles distinguent à peine le groupe formé par les Bondu qu'elles ne peuvent reconnaître.)

LA BRÉNARD, s'avançant. (1)

Mademoiselle vient voir M. Hélouin.

AGÉNOR, sans se retourner.

M. Hélouin, mon père, est parti, mademoiselle.

MADELEINE.

C'est à M. Georges...

AGÉNOR, important.

Non, mais c'est égal. Si vous avez quelque chose à dire...

MADELEINE.

Si M. Hélouin est rentré à Paris, je vais voir M. Boilansac qui doit être chez lui...

LA BRÉNARD.

Faut-il accompagner mademoiselle ?...

---

(1) Jean, la Mère, Madeleine, la Brénard, Agénor.

MADELEINE.

C'est inutile, madame Brénard, je n'ai qu'à traverser le parc... (Elle sort par la gauche, dans le fond.)

Scène XI

JEAN, LA MÈRE, LA BRÉNARD, AGÉNOR.

AGÉNOR.

Hein!... La Brénard!... (Un rayon de lune éclaire la scène et permet à Agénor de voir qu'il ne se trompe pas.)

LA BRÉNARD.

Je reconnais sa voix!... Mon Agénor ici!...

AGÉNOR.

Chut... Edgard...

LA MÈRE.

Ce chéri a retrouvé son père...

LA BRÉNARD.

Il en avait donc un?

LA MÈRE.

Dites donc, vous!...

JEAN.

Et un bon, même...

LA BRÉNARD.

Ne serait-ce pas par hasard celui de M. Philippe?

JEAN.

Tout juste... M. Hélouin a des millions et des millions...

AGÉNOR, à part.

Il ne peut donc pas se taire, cet animal-là!...

LA BRÉNARD.

Vous lui prenez donc tout, à ce pauvre diable!... (Riant.) C'est vrai que vous avez l'habitude de tout prendre, Agénor.

AGÉNOR, d'un ton bourru.

Edgard, qu'on vous dit... (A part.) Il va falloir encore casquer avec celle-là!...

LA BRÉNARD.

Comment, *vous*... qu'est-ce que cela signifie? Est-ce qu'on ferait son fier?... Mais ce serait inutile, tu le sais, avec la Brénard!...

JEAN.

Va-t-elle nous ennuyer longtemps, celle-là?

LA BRÉNARD.

Je ne veux pas être des mauvaises affaires seulement, vous savez, les enfants!... Faut que je sois aussi des bonnes!... Il y a un gâteau : ma part, ou je ne vous laisserai pas manger la vôtre tranquillement.

JEAN, menaçant.

Qu'est-ce que c'est?... Des menaces! La Brénard, on n'en fait pas deux fois avec moi!... Et si tu ne files pas doux, je t'étrangle!...

LA BRÉNARD.

Cette fois-ci, on ne pourra pas dire que c'est Philippe qui a fait le coup, car il est sous cloche!... (Madeleine, qui n'a pas trouvé Boilansac, est revenue. Entendant le nom de Philippe, elle s'arrête, puis se cache dans une charmille, à gauche.)

AGÉNOR.

Voyons, mes amis, soyons unis... (1) La Brénard a raison. . Elle nous a aidés à nous tirer une épine du pied... Ne nous servons pas de ce pied pour la flanquer à la porte!... (A la Brénard.) Joséphine, je vous ai beaucoup aimée... Je ne l'oublierai pas... Vous recevrez de moi une pension qui vous mettra désormais à l'abri du besoin...

LA MÈRE, à la Brénard.

Il est gentil, hein!

LA BRÉNARD.

Ce n'est pas de l'argent que je veux... Agénor doit tenir d'autres promesses... Vous m'avez détournée, Edgard.., réparez en m'épousant.

AGÉNOR.

Que dirait le faubourg St-Germain?

LA BRÉNARD.

Tant pis... C'est mon dernier mot...

LA MÈRE.

Tu n'est pas raisonnable, la Brénard!

LA BRÉNARD.

Avec ça qu'il sera à plaindre, votre fils!

---

(1) Jean, la Mère, la Brénard, Agénor.

LA MÈRE.

Mais son père ne consentira jamais... une servante !...

LA BRÉNARD.

Edgard dira qu'il était déjà marié...

AGÉNOR, railleur.

Mentir à papa... jamais !... Et puis, vous demandez trop, vous!... Si vous n'acceptez pas ce qu'on vous offre, vous n'aurez rien...

LA BRÉNARD.

Vous vous trompez, monsieur Edgard, j'aurai le bonheur de vous faire couper le cou à tous, en racontant à la Justice que vous êtes les assassins de Clara !...

JEAN, terrible.

Je n'ai pas de patience, moi, femme Brénard !...

LA BRÉNARD.

Si tu approches, je crie...

JEAN, allant vers elle.

Tu veux crier la belle !

LA BRÉNARD. (1)

Ah ! canaille !... (Jean s'empare d'elle.) Au secours !... Misérable !... Misérable !... Ah !... (Jean saisit la Brénard à la gorge, la renverse à genoux. Madeleine terrifiée tombe évanouie.)

AGÉNOR.

Attends donc, Jean... Tu es toujours trop pressé, toi !

JEAN.

Hein ?

AGÉNOR.

Que ferons-nous du cadavre si tu la tues ?... Et puis, c'est inutile... allons, lâche-la !... (Jean laisse la Brénard. (2)

LA BRÉNARD.

Ah ! bandits ! je me suis vue morte !...

AGÉNOR, à la Brénard toujours à genoux.

Maintenant que tu as senti la poignée du frère, tu peux te dire quel sort t'attend si tu exécutes tes menaces... Parleras-tu ?

---

(1) La Mère, Agénor, Jean, la Brénard.

(2) La Mère, Agénor, la Brénard, Jean.

LA BRÉNARD.

Non.

AGÉNOR.

C'est pas tout... T'es dévote, tu vas le jurer !...

LA BRÉNARD.

Ah ! pour ça !... (Jean la menace.) Miséricorde !...

JEAN.

Dépêche-toi... Te tairas-tu ?...

LA BRÉNARD, avec un râle.

Je le jure... (Elle se relève.)

LA MÈRE, à Agénor.

Est-ce que tu crois que ça vaut quelque chose, ce serment ?

AGÉNOR.

Oh ! je ne suis pas si naïf... Mais ce que je sais, et ce que la Brénard sait bien, c'est que, si elle jabotait, nous jaboterions aussi et que, si on nous guillotinait, elle irait au moins à la Centrale.

JEAN, à la Brénard.

File vite !...

LA MÈRE.

Allons, fous le camp.

LA BRÉNARD, elle se dirige vers la grille, sort, puis du dehors :

Crapules !... (Elle se sauve à droite.)

JEAN, courant après elle.

Je me méfie, moi, faut la suivre ! (Il sort après avoir fermé le loquet de la porte.)

Scène XII

AGÉNOR, LA MÈRE, puis Madeleine.

LA MÈRE. (1)

Et c'te demoiselle qui va venir chercher sa bonne, qu'est-ce qu'elle va dire si elle ne la trouve pas ?... Vois donc si elle ne vient pas... Eh !... (Elle vient d'apercevoir Madeleine évanouie.)

AGÉNOR, sur l'exclamation de sa mère va vers la charmille.

Qu'est-ce que c'est que ça ?... Des complications ?... Arrive donc la Mère...

LA MÈRE.

Allons, bon !...

(1) Agénor, la Mère.

AGÉNOR.

Aide-moi !... (Ils relèvent Madeleine qu'ils n'ont pas reconnue et l'amènent sur le banc à gauche. Dans sa chûte, elle a perdu son chapeau. La lune l'éclaire en plein visage. La Mère et Agénor la regardent.

LA MÈRE ET AGÉNOR. (1)

La Madeleine !

LA MÈRE.

Eh bien ! En voilà une histoire !...

AGÉNOR.

Elle est évanouie !...

LA MÈRE.

D'ous qu'elle sort celle-là !... (Elle lui frappe sur l'épaule.) Eh ! Madeleine ?... (Madeleine revient à elle et regarde la Mère et Agénor.) Voyons, la folle... d'où viens-tu ?... Qu'est-ce que tu fais là ?... (2)

MADELEINE se lève et fait quelques pas en chancelant, à part.

Pourquoi m'appelle-t-on la folle ?... (Elle semble chercher dans ses souvenirs.)

LA MÈRE.

Mazette !... quelle toilette !...

AGÉNOR.

Je t'avais bien dit qu'on avait changé ses frusques contre du satin et de la soie...

LA MÈRE, à la Madeleine.

T'étais pas comme ça quand t'étais avec nous.

MADELEINE.

Moi !...

LA MÈRE.

Tu ne regrettes donc pas d'avoir lâché ta famille... Et mes mornifles, hein ?... Est-ce que ce n'était pas gentil ?...

MADELEINE, avec égarement.

Qui êtes-vous ?

AGÉNOR.

Cette fille nous a peut-être entendus tout à l'heure !...

LA MÈRE.

T'es bête, puisqu'elle est folle !... regarde-la donc !...

AGÉNOR.

Il y a des folles qu'on guérit... Si Madeleine sait quelque chose, nous sommes perdus !

---

(1) Agénor, Madeleine, la Mère.

(2) Madeleine, la Mère, Agénor.

LA MÈRE.

Non... C'est elle qui est perdue... Ici, la Madeleine...

AGÉNOR.

Approche !...

LA MÈRE.

Qu'est-ce que tu me remettras aujourd'hui ? (Elle la secoue et la fait passer au milieu.) (1)

MADELEINE, comprenant qu'elle court un danger grave, et émue par un souvenir.

Des sous ! (Elle tend la main comme au premier tableau.) Sou... sou !...

LA MÈRE.

Quand je te dis qu'elle est toujours folle !... Pas la peine de s'embarrasser encore...

AGÉNOR, regardant attentivement la Madeleine.

Je ne vais pas aussi vite que Jean, moi... Il faut que je sache à quoi m'en tenir...

LA MÈRE.

La Madeleine !... (Madeleine vient à elle.) Tiens ! voilà pour toi !... (Elle lui donne un coup de poing.) Il n'y a maintenant qu'à la mettre dehors, voilà tout !...

AGÉNOR.

Pas encore ! .. Les fous ça ne comprend rien, ça ne sent rien, ça ne pleure pas... Dis donc, la Madeleine, sais-tu où est ton père, où est ta mère ?...

LA MÈRE.

Comment veux-tu qu'elle le sache ; elle était bien trop petite quand ils sont morts.

AGÉNOR.

Et sais-tu comment ils sont morts ?

MADELEINE, faisant un effort.

Sou... sou !...

AGÉNOR.

Tes parents étaient riches et ils t'aimaient bien !... Une nuit, pendant qu'ils dormaient, un homme a pénétré chez eux... Il les a assassinés !...

MADELEINE, faisant un effort surhumain.

Sou... sou !...

AGÉNOR, la regardant avec la plus grande attention.

Ta mère était là... baignée dans son sang... Avant de rendre le dernier soupir, elle prononçait ton nom :

---

(1) La Mère, Madeleine, Agénor.

Madeleine... Madeleine... Made... Elle n'acheva pas, l'assassin lui plongea le poignard dans le cœur... Tiens, un poignard comme celui-là, tu le vois... Eh bien !... Eh bien !... (Il tient son poignard levé sur Madeleine.)

MADELEINE, jouant toujours la folie.

Sou !... (Malgré ses efforts, elle ne peut plus se retenir. C'est en vain qu'elle essaie encore de pousser un grand éclat de rire qui se termine par un sanglot.)

AGÉNOR, à sa mère.

Tu vois bien qu'elle n'est pas folle !... (Furieux.) Tu voulais nous tromper, la Madeleine, tu voulais nous trahir !... Mais on ne trompe pas Agénor... Puisque tu n'es pas folle, tu es morte !... (Il va pour la poignarder.)

MADELEINE, criant, se rapproche de la porte du fond.

Au secours !... Au secours !... Philippe est innocent !... (Elle secoue la porte fermée par Jean. Des ouvriers apparaissent. Agénor bat en retraite.)

AGÉNOR et la MÈRE.

Qu'est-ce que c'est que ça ?...

LA MÈRE.

On l'a entendue crier... Nous sommes perdus !...

AGÉNOR.

Pas encore... Tais-toi... Et viens !... (Ils entrent dans le pavillon, Madeleine continue à crier. Boilansac, suivi de domestiques portant des flambeaux, entrent par la gauche; Madeleine court à lui. Vive clarté.)

Scène XIII

MADELEINE, BOILANSAC, LES DOMESTIQUES, LES OUVRIERS, puis AGÉNOR, puis LA MÈRE.

BOILANSAC. (1)

Que se passe-t-il ?

MADELEINE.

Philippe est innocent !...

BOILANSAC.

C'est vous, Madeleine ?...

MADELEINE.

Les assassins sont là !... (Elle indique le pavillon à droite).

---

(1) Deux Domestiques, Boilansac, Madeleine, les Ouvriers, un Domestique.

UN OUVRIER, de la grille.

Ouvrez la porte si vous avez besoin d'aide !... (Boilansac ouvre; les ouvriers entrent.)

AGÉNOR, à moitié déshabillé, sort du pavillon.

Qu'est-ce qu'il y a ?... (1)

MADELEINE, le désignant.

Voici l'assassin !... (Un ouvrier met la main au collet d'Agenor.)

BOILANSAC.

Laissez donc, c'est le fils de M. Hélouin !

MADELEINE.

Qu'importe !... M. Hélouin a accusé Philippe pour ne pas perdre son fils... (La Mère paraît à la fenêtre du pavillon et écoute sans être vue.)

BOILANSAC.

Voyons, Madeleine, revenez à vous. (Aux ouvriers.) Elle aimait Philippe... Elle allait l'épouser... Ces secousses ont encore ébranlé sa raison...

MADELEINE.

Je ne suis pas folle, monsieur. Je vous dis que cet homme est un assassin... Les Bondu le sont tous... Philippe est innocent !...

AGÉNOR.

Pauvre enfant !...

BOILANSAC.

Il ne faut pas la contrarier !... Vous avez raison, Madeleine, Philippe sortira de prison.

MADELEINE.

Ah ! merci, monsieur !...

BOILANSAC.

Qu'on lui prépare une chambre chez moi... et nous verrons demain ! (A Madeleine.) Venez, mon enfant...

LA MÈRE, de la fenêtre.

Eh ! ben ! elle l'échappe belle, celle-là... Mais, on la repincera !...

FIN DU SIXIÈME TABLEAU. — RIDEAU.

---

(1) Deux Domestiques, Boilansac, Madeleine, les Ouvriers, Agénor, un Domestique, la Mère.

ACTE CINQUIÈME

Septième Tableau

LE QUART-D'HEURE DE RABELAIS

Salon de la villa de M. Hélouin, à Croissy.

Scène Première

LA MÈRE, AGÉNOR.

LA MÈRE, entrant.

Eh bien, qu'est-ce qu'il me veut, celui-là ?

AGÉNOR, qui lisait des journaux assis dans un fauteuil à droite.

Que t'arrive-t-il ?

LA MÈRE.

Imagine-toi que je viens de rencontrer un vieux qui m'a accosté et m'a dit : « — Pardon, madame, n'est-ce pas à Mme Bondu que j'ai l'honneur de parler ? »

AGÉNOR.

Ah !... Qu'as-tu répondu ?

LA MÈRE.

J'ai tout de suite eu de la méfiance comme tu penses. « — Moi, ai-je fait, pas le moins du monde. Je m'appelle Mme Sarnette et je demeure chez M. Hélouin. »

AGÉNOR.

Parfait !...

LA MÈRE.

Mais le vieux ne s'est pas tenu pour battu. « — C'est dommage, a-t-il ajouté, car j'ai à parler sérieusement à Mme Bondu. Il s'agit de bien des choses, notamment d'une jeune fille qu'elle a recueillie autrefois. »

8

AGÉNOR.

Tiens, tiens !...

LA MÈRE.

J'ai dressé l'oreille comme tu penses, mais le vieux n'a rien pu obtenir de moi malgré son insistance... Il m'a accompagnée jusqu'ici et, en me quittant, il m'a annoncé que nous nous reverrions parce qu'il avait appris que Mlle Sarnette s'était mariée à M. Bondu...

AGÉNOR, grommelant.

Il est bien au courant celui-là !...

LA MÈRE.

Trop, en effet !

AGÉNOR.

Est-ce la Madeleine qu'il cherche, où est-ce nous ? Si ce n'est que la Madeleine, c'est peut-être un bénéfice, si c'est nous, c'est sûrement un danger...

LA MÈRE.

Est-ce que je n'ai pas fait ce que je devais faire ?

AGÉNOR, se levant.

Tu aurais dû me le conduire, cet oiseau-là... Nous aurions causé... Il vaut toujours mieux une chose que l'on sait qu'une chose que l'on ne sait pas... à cause des précautions à prendre.

LA MÈRE.

Tu sais, s'il faut déguerpir d'ici, je suis prête... Ce serait dommage cependant...

AGÉNOR.

Je te crois... on est soigné dans cette maison...

LA MÈRE.

Le *lusque*... c'est mon élément... Il me semble que j'ai toujours eu des larbins autour de moi...

AGÉNOR.

Je ferai tout mon possible pour que ça dure longtemps... Il n'y a pas à prendre peur à cause de ce vieux... (Montrant les journaux.) Je viens de lire dans les feuilles publiques que l'instruction de l'affaire Clara est terminée... L'assassin Philippe passera à la prochaine session des assises... Tout va bien de ce côté... (Ils rient.)

LA MÈRE.

Si ton père vivait, il rirait bien ! (La Mère s'assied à gauche et sort un jeu de cartes qu'elle étale sur une table.)

AGÉNOR.

Ne parlons plus du père défunt, parlons du père vivant. En v'là un naïf!... Il ne doute plus que je ne sois son fils... malgré ce que peut dire mon frère Georges... Un jour ou l'autre je me débarrasserai de celui-là... Je veux tout l'héritage.

LA MÈRE.

Petit gourmand !

AGÉNOR.

La Madeleine va entrer chez le docteur Blanche... On la croit décidément tout à fait folle et moi je ne suis pas éloigné de le croire aussi maintenant. Ce qu'elle a entendu, ce qu'elle a vu a pu achever de la détraquer...

LA MÈRE, qui se tire les cartes.

C'est égal, si l'on croyait aux cartes, tout de même ! N'en v'là du pique !... N'en v'là du pique !...

AGÉNOR.

Tu es assommante avec tes cartes !...

LA MÈRE.

Puisque je te dis que je n'y crois pas ! (Jean, mieux habillé, entre par le fond.)

Scène II

LA MÈRE, JEAN, AGÉNOR.

LA MÈRE, à Jean.

Eh bien, t'arrives de Paris, toi ?

JEAN.

Oui j'arrive des Carrières d'Amérique... On m'y reconnaissait pas !

AGÉNOR.

T'as tout fait disparaître là-bas ?

JEAN.

Nos instruments de travail, je les ai donnés à de pauvres diables qui ne tarderont pas à s'en servir...

AGÉNOR.

T'as eu tort !... maintenant que nous sommes des *proprios*, faut pas encourager le vice...

JEAN. (Il sort un télégramme.)

Mais c'est pas de tout çà. . Lisez, vous autres... Voilà ce que j'ai trouvé là-bas... « Famille Bondu, Carrières d'Amérique. Vous ai roulés ! C'est moi qui ai argent Clara... Suis pas partageuse, mais suis voyageuse... Je file avec Veinard que j'adore... Votre Charlotte. » Quelle coquine !

LA MÈRE.

N'en v'là une canaille ! Et c'est ma fille !

JEAN.

C'est-à-dire que, si je la tenais, elle passerait un mauvais quart d'heure...

LA MÈRE.

Faudrait y tordre le cou.

AGÉNOR.

Comme à un canard.

LA MÈRE.

A gredin, gredin et demi, j'ai toujours dit ça...

AGÉNOR.

C'est pas un gredin, c'est pire, c'est une gredine !... Les cent vingt-cinq mille francs devaient être ailleurs que dans l'armoire... Sous l'oreiller de Clara, peut-être !...

LA MÈRE.

Je comprends les piques à présent ! (On entend le bruit d'une voiture.) V'là une voiture.

AGÉNOR, regardant à la fenêtre à droite.

C'est papa Hélouin... Pourvu qu'il apporte de l'argent !...

JEAN.

La surprise ne serait pas désagréable.

LA MÈRE.

Reçois ton père, Edgard. (A Jean.) Nous, faut pas gêner les épanchements de famille. (Jean et la Mère sortent par la droite.)

Scène III

HÉLOUIN, AGÉNOR. (Hélouin entre par le fond.)

AGÉNOR, allant au-devant de lui.)

Mon père !

HÉLOUIN, froidement.

Canaille !

AGÉNOR.

Hein ?

HÉLOUIN.

Assassin !

AGÉNOR, à part.

Qu'est-ce que ça veut dire ? (Haut.) Vous croyez donc ce qu'a dit cette folle ?

HÉLOUIN.

Madeleine n'est pas folle... C'est votre complice la Brénard qui vous a trahis !

AGÉNOR.

La Brénard !

HÉLOUIN.

Elle vous a dénoncés et a donné tous les détails du crime...

AGÉNOR.

Ah ! la gueuse ! Moi qui croyais qu'elle aurait peur de jaboter...

HÉLOUIN, avec douleur.

Et vous êtes mon fils.

AGÉNOR.

Ah ! bon ! (Feignant l'accablement.) Oui, mon père.

HÉLOUIN.

Misérable !

AGÉNOR, relevant la tête.

Vous qui parlez de misérable, regardez-moi donc en face ?... Vous qui parlez de coupable, vous croyez-vous donc innocent, par hasard ?... Quand je suis né, moi, le fils de vos plaisirs, vous m'avez abandonné. Pendant que vous viviez riche et heureux, savez-vous ce que je faisais ? Je cherchais un travail qu'on me refusait ou qu'on me retirait quelques jours après me l'avoir donné en apprenant que j'étais le fils d'un assassin, car celui qui passait pour mon père était un assassin ! Les assassins, on les condamne à mort, on les exécute, et puis, c'est fini ! Il n'y a rien à dire... Ils ont tué, ils se sont fait pincer, on les supprime, c'est régulier... Mais les fils des assassins, ils n'ont rien fait ceux-là, ils ne sont pas coupables, et votre société imbécile les condamne à une vie pire que la mort !... Alors, qu'est-ce qu'il arrive ? Il arrive qu'ils font comme leur père...

Repoussés de partout, déshonorés, apprenant chaque jour davantage la haine de cette société qui les rend solidaires du crime paternel, demandant de quoi vivre et se voyant fermer les portes de toutes les maisons, de tous les ateliers, ils voient rouge à leur tour et ils font comme la bête féroce quand elle a faim... Elle mord sans se soucier des gendarmes !...

HÉLOUIN.

Malheureux !

AGÉNOR.

Vous disiez : misérable tout à l'heure... Après tout, je voulais reprendre ce qui m'appartenait... L'argent que vous aviez donné, au détriment de l'enfant naturel, à la maîtresse de l'enfant légitime... C'est donc vous qui êtes de toutes façons la cause du crime... Vous baissez la tête, car, à présent, vous comprenez que vous êtes mon complice.

HÉLOUIN.

Fuyez, fuyez vite et Dieu veuille que vous en ayez le temps !

AGÉNOR.

A la bonne heure !... Mais ce n'est pas tout, monsieur Hélouin... Fuyez, c'est vite dit !... (Il lui frappe sur l'épaule.) Et la monnaie, mon brave homme !

HÉLOUIN, lui donnant son portefeuille.

Tenez, partez ! (Il sort vivement par la gauche.)

AGÉNOR.

Y a-t-il de quoi au moins ? (Il fouille dans le portefeuille.) A la bonne heure !... C'est égal !... Ça sert quelquefois de ne pas être le fils de son père... (La mère rentre par la droite.)

Scéne IIII

AGÉNOR, LA MÈRE.

LA MÈRE.

Eh ben, ça a chauffé ?

AGÉNOR.

L'air de ce pays ne vaut plus rien pour nous. (Il montre le portefeuille.) Allons sous d'autres cieux... Et un peu vite !...

LA MÈRE.

Que faisons-nous de Jean? il est occupé à boire.

AGÉNOR.

Eh ben, quoi, Jean, que nous importe?

LA MÈRE.

Si nous lui laissions un mot pour lui donner rendez-vous...

AGÉNOR.

En Amérique, pas dans les carrières, première rue à gauche...

LA MÈRE.

T'es malin comme un singe!... Y a pas comme toi pour danser le pas du serpent... même sans orchestre! (Jean, qui est entré sans être vu par la porte à droite et a entendu la dernière partie de la conversation, est allé se placer devant la porte du fond; il les arrête lorsqu'ils veulent sortir.)

Scène V

AGÉNOR, JEAN, LA MÈRE.

JEAN.

Eh ben, vous m'oubliez, les enfants!

LA MÈRE, à part.

V'lan!

JEAN.

Qu'est-ce que vous avez?

AGÉNOR.

Rien du tout... Je te laisse avec la mère... Elle t'expliquera...

LA MÈRE, vivement.

Je te laisse avec ton frère!

JEAN, les ramenant tous deux.

Voyons, qu'est-ce qu'il y a?... Ça sent la mauvaise nouvelle, ici.

LA MÈRE.

Eh bien, oui, là... Il faut se sauver, sans même faire sa malle...

JEAN.

La Madeleine?

AGÉNOR.

Elle d'abord, la Brénard ensuite...

JEAN.

Je m'y attendais bien... Si elle ne m'avait pas échappé !...

LA MÈRE.

Allons, mes enfants... En avant trois !... (Ils reculent devant Philippe entré par le fond.)

Scène VI

AGÉNOR, PHILIPPE, LA MÈRE, JEAN.

PHILIPPE.

Halte-là !...

JEAN.

Philippe.

LA MÈRE.

Nous sommes perdus !

AGÉNOR, à la mère.

C'est pas sûr !

PHILIPPE.

Il est complètement inutile que vous vous concertiez. Toutes les issues sont gardées.

AGÉNOR.

La police !... (A Philippe.) Merci, merci, cher frère !... Ça t'étonne ?... J'ai dit : cher frère !... Permets-moi de te présenter madame Bondu, ta mère, et Jean Bondu, ton autre frère.

PHILIPPE.

Qu'est-ce que cela signifie ?

AGÉNOR.

Ça signifie la vérité...

LA MÈRE.

Un enfant qui ne reconnaît pas ses parents. C'est souvent le contraire qui a lieu... Allons, il n'y a pas à barguigner... Tu nous as quittés à Lyon, ton père et moi...

AGÉNOR.

Pour incompatibilité d'honneur...

LA MÈRE.

Tout simplement.

AGÉNOR.

Du reste, il est inutile d'insister... Grâce à toi, tout ça sera établi en cour d'assises ! (Pendant ce temps, Jean, hautain, dédaigneux, se tient, les bras croisés, à droite de la scène, au premier plan.)

PHILIPPE.

Vous mentez, je ne suis pas d'une famille d'assassins.

AGÉNOR.

Nous sommes des bandits de Paris !... Assassins par nécessité !...

PHILIPPE.

Ne me touchez pas... Il me semble qu'il y a encore du sang sur vos mains...

LA MÈRE.

Je t'assure qu'on se les a lavées depuis...

PHILIPPE.

Est-il possible que je sois des vôtres ?... C'est vous qui m'avez fait faussement accuser...

LA MÈRE.

Ah ! ça, faut être juste... Quand nous l'avons su, il était trop tard... L'affaire était lancée, nous ne pouvions rien changer.

PHILIPPE, anéanti.

Tout s'écroule devant cette horrible révélation !

LA MÈRE.

Quant t'étais petit, tu savais pas mendier, t'étais un paresseux...

PHILIPPE.

Et vous me battiez !

LA MÈRE.

Ça se fait... c'est pour éduquer...

AGÉNOR.

Tu as quitté la maison un jour où tu as eu trop peur des coups.

LA MÈRE.

Et nous avons trouvé chez toi des vêtements de ton jeune âge. J'les ai bien reconnus, même que c'était moi qui les avais confectionnés.

PHILIPPE.

Alors, c'est vous ma famille... (A la mère.) C'est vous ma mère... Eh bien, écoute-moi, ma mère... Le jour où je suis né, si tu m'avais étouffé sous la paille fétide qui a dû me servir de berceau, ce jour-là, tu aurais été moins coupable que tu ne l'es en ce moment, quand tu me dis, toi, criminelle, à moi un honnête homme : « — Je suis ta mère ! » Le jugement qui, demain, vous condamnera tous et vous flétrira, m'atteindra plus que vous !... S'il ne termine pas votre vie, il brisera la mienne... Ce n'était pas assez, mon père et vous, de vous être faits les tortionnaires de votre enfant, car vous avez été de ces monstres qui prennent un petit enfant, qui, malgré ses larmes, ses cris et ses souffrances, le fouettent et le meurtrissent jusqu'au sang... Ah ! les infâmes !... Ce n'était pas assez, dis-je, de m'avoir jeté sur le pavé ? Seul, à peu près nu, j'étais cependant encore moins à plaindre que dans votre ignoble taudis où il n'y avait pour moi que rarement du pain et toujours des coups...

LA MÈRE, à part.

C'était toujours ça !

PHILIPPE.

Ce n'était donc pas assez de savoir cela !... Il me restait encore à apprendre que votre infamie me deshonore et que mon bonheur est détruit...

LA MÈRE.

Il va falloir s'apitoyer sur son sort... quand la police est là pour nous autres...

JEAN.

Et pas une arme pour en finir ?...

PHILIPPE.

Ah ! (Croyant qu'il veut une arme pour se suicider.) Tiens !... (Il lui donne un poignard.) Fais-toi justice ! (1)

AGÉNOR.

Est-il naïf, ce grand garçon ?

JEAN, brandissant le poignard.

Et maintenant, fais-moi place, bâtard !... (Il pousse Philippe et va précipitamment à la porte du fond où Georges apparaît, un révolver de chaque main. Mouvement de recul de tous les Bondu.)

---

(1) Agénor, la Mère, Philippe, Jean.

Scène VII

AGÉNOR, JEAN, LA MÈRE, GEORGES, PHILIPPE.

GEORGES.

Excusez-moi si j'entre sans frapper... J'apporte un peu d'artillerie... (Il braque son révolver sur les Bondu.)

LA MÈRE.

Philippe, mon fils, mon enfant, sauve ta mère... Pitié !... Je ne veux pas être arrêtée... Je ne veux pas ! Pardonne-moi... (A Jean et à Agénor.) Mais... défendez-moi donc, vous autres !...

PHILIPPE.

On ne vient pas vous arrêter, vous !... On ignore votre complicité dans l'assassinat !

LA MÈRE.

Oh ! merci !... merci !... (Elle va vers Philippe.)

AGÉNOR. (1)

T'as de la veine, toi !... Parbleu ! C'était elle qui portait la corde du grand'père !... (Veinard père et la police entrent par le fond.)

Scène VIII

JEAN, AGÉNOR, VEINARD père, GEORGES, LE COMMISSAIRE, LES AGENTS, PHILIPPE, LA MÈRE.

VEINARD père.

Les voici, monsieur le Commissaire.

LA MÈRE, désignant Veinard.

Le vieux de tout-à-l'heure.

LE COMMISSAIRE.

Jean et Agénor Bondu, je vous arrête.

JEAN.

Nous vous suivons.

AGÉNOR.

Forcément !...

JEAN.

Adieu, m'man.

---

(1) Agénor, Jean, Georges, Philippe, la Mère.

AGÉNOR.

Le v'là, le quart d'heure de Rabelais... Faut payer la casse... Bah ! tant qu'il y a de la vie, il y a de l'espoir...

LA MÈRE, à part.

Pauvres chers amours !... (Jean, Agénor, le commissaire et les agents sortent par le fond.)

Scène IX

VEINARD père, GEORGES, PHILIPPE, LA MÈRE, puis HÉLOUIN et MADELEINE.

PHILIPPE, à la mère.

Vous partirez demain...

LA MÈRE.

Oh ! le plus loin que tu voudras... pourvu que tu paies les frais du voyage... (Elle prend une prise.) T'auras pas obligé une ingrate !... C'est pas Agénor qu'est le fils d'Hélouin, c'est toi !... (Hélouin est entré à gauche et a entendu ces dernières paroles.) (1).

HÉLOUIN, à Philippe.

Mon fils !... (Ils s'embrassent. Madeleine est entrée par la porte à droite pendant cette scène, avec Lucie.)

PHILIPPE, tendant la main à Madeleine.

Pourquoi restez-vous à l'écart, Madeleine, doutez-vous de mon amour ?...

HÉLOUIN.

Ma fille !...

LA MÈRE.

Pas du tout, c'est pas votre fille, à vous... Vous êtes trop gourmand... Il n'y a pas que vous qui ayez des enfants, que diable !... C'est la fille à Savigny... Tu peux l'épouser, Philippe, puisque ce pauvre Bondu n'était pas ton père...

VEINARD père.

Je ne m'étais donc pas trompé, cette piste était la bonne... (A Boilansac, qui entre par la porte de droite.) Voilà mademoiselle Savigny !

---

(1) Veinard père, Georges Hélouin, Philippe, la Mère.

Scène X

VEINARD père, GEORGES, PHILIPPE, MADELEINE, HÉLOUIN, LUCIE, BOILANSAC, LA MÈRE.

BOILANSAC, *à Madeleine.*

Chère enfant, je suis heureux que vous soyez la fiancée de Philippe.

HÉLOUIN.

C'est mon fils, Boilansac.

BOILANSAC.

Comment, encore un!

LA MÈRE.

Non, c'est le même !

GEORGES.

Pas tout-à-fait ! .. Votre main, mon frère!

LUCIE, *à Hélouin.*

Il ferait bien mieux de demander la mienne...

HÉLOUIN.

Ça viendra... maintenant, j'en suis sûr!...

LA MÈRE.

Ils vont tous être heureux. Allons, v'la la première fois qu'j'aurai fait d'la bonne ouvrage !

RIDEAU. — FIN.

Imprimerie du Journal LE HAVRE (L. Murer), 35, rue Fontenelle.

www.ingramcontent.com/pod-product-compliance
Ingram Content Group UK Ltd.
Pitfield, Milton Keynes, MK11 3LW, UK
UKHW020340230726
13925UKWH00003B/884

9 782013 564601